FRAN ET AVA

Du même auteur :

Une rose pour Manhattan, Flammarion, 1999.
Un amoureux silence, Flammarion, 2001.
Trois jours pour rien, Balland, 2002.
Prime Time, Flammarion, 2003.
Acouphènes, Flammarion, 2005.
Presque Top Model, Flammarion, 2006 ; J'ai lu, 2007.
French Manucure, Flammarion, 2008 ; J'ai lu, 2009.
Le Monde à ses pieds, Grasset, 2009 ; J'ai lu, 2011.
Il ferait quoi Tarantino à ma place ?, Flammarion, 2011 ; J'ai lu, 2013.
J'ai vécu de vous attendre, Grasset, 2013.
Splendour, Grasset, 2014.
Le journal de Nine, Pourquoi c'est plus pareil ?, Flammarion jeunesse, 2015.
Le journal de Nine, Pourquoi c'est pas compliqué ?, Flammarion jeunesse, 2016.
Le journal de Nine, Pourquoi c'est pas juste ?, Flammarion jeunesse, 2017.
Le Carnet Interdit, Hugo Jeunesse, 2019.
Renaître, avec Marion Bartoli, Flammarion, 2019.
Autopsie, avec Adil Rami, Hugo Sport, 2020.
Rêver sous les coups, avec Mohamed Bouhafsi, Larousse, 2021.

Géraldine Maillet

Fran et Ava

roman

Fayard

Pages 9 à 14 : « Ava Gardner par Françoise Sagan », *Elle*,
12 février 1990.

Couverture : Nuit de Chine
Première de couverture : Ava Gardner, photo de Wayne
Miller © Magnum Photos
Quatrième de couverture : Françoise Sagan, photo de
Georges Dudognon © Adoc Photos

ISBN : 978-2-213-72165-1

« L'amour se mesure à ce que l'on accepte
de lui sacrifier. »
Ava Gardner

« Un ami qui ne comprend pas nos larmes
a beaucoup plus de valeur que plein d'amis
qui ne comprennent que notre sourire. »
Françoise Sagan

Prologue

J'ai beaucoup rangé pendant les confinements. J'ai fait le tri dans mes papiers, mes souvenirs, mes bouts de vie du siècle dernier. J'ai retrouvé un tas de vieux magazines. Parfois, il m'arrivait d'en feuilleter un et de m'y perdre. C'était un plongeon dans un passé lointain. La mode, la littérature, la musique, le cinéma, les célébrités, le monde d'avant.

Un soir, mon regard s'est arrêté sur une couverture éblouissante d'Ava Gardner. Une photo en noir et blanc de Norman Parkinson pour le magazine *Elle* du 12 février 1990. Âgée de 67 ans, l'actrice s'était éteinte chez elle, à Londres, des suites d'une pneumonie et Françoise Sagan lui rendait hommage avec force et brio dans un texte bouleversant.

« *Ce n'est pas moi en réalité qui devrais prononcer cet éloge funèbre, même s'il est vrai qu'Ava Gardner et moi-même nous soyons rencontrées, parlé, amusées, même s'il est vrai que nous ayons partagé des après-midi oisives, des nuits blanches et des petits scandales, des points de vue et des fous rires. Bref, que nous ayons été un peu complices pendant un mois il y a belle lurette, lorsqu'elle tournait "Mayerling" avec l'exquis Omar Sharif, supposé être son fils dans le film, et qui dans la vie lui portait un dévouement tout paternel, celui qu'elle inspirait aux hommes qu'elle ne saccageait pas. Malgré cette brève, si superficielle mais pour moi si réelle rencontre, j'imaginais pour suivre sa dépouille mortelle, le chœur de ceux qui avaient suivi son corps vivant, j'imaginais beaucoup de voix masculines murmurant des mots usés et passionnés : "Qu'est-ce qui t'a plu en moi ? Pourquoi m'as-tu quitté ? Pourquoi ne m'as-tu pas cru ? Pourquoi m'avoir dit tout ça ?", etc. Un concert de voix masculines à la fois nostalgiques et incompréhensives dans leur passion, comme le fut son public d'ailleurs dans son admiration, car Ava Gardner était une autre. Elle était plus belle que ses rivales, plus amorale et plus désinvolte aussi. Elle était plus seule que toutes.*

C'était un animal très beau et très digne de ce fait, et très étranger. Elle n'offrait aucune solution, aucun avenir, aucune explication à ses amants, car sa beauté soulignait le divorce parfois pas évident au cinéma entre sensualité et vulgarité.

Et de même sa carrière était inexplicablement paradoxale : ni déchue, ni glorifiée, ni vraiment portée aux nues, ni vraiment reconnue dans son milieu, elle était l'actrice dont la beauté primait sur le reste et n'évoquait qu'elle-même.

Sa beauté ne l'emprisonnait pas comme Bardot, ne la blessait pas comme Marilyn Monroe, ne l'affolait pas comme Garbo. Sa beauté était là avec elle, tranquille. C'était pourquoi les femmes l'aimaient bien, parce que nulle femme ne l'imaginait au foyer et que nulle ne lui en voulait de ne pas y être ; et que de même nul homme ne l'imaginait fidèle même si certains se désespéraient, car contrairement à toutes ces comédiennes dont la foule suivait les amours, les mariages, les accouchements avec sentimentalité (ces femmes que l'on retrouvait devant des cuisinières ou devant des cliniques), on ne retrouvait Ava Gardner qu'entourée de valises, avec, portant ces valises, un nouvel amant.

À force d'être nombreux, ceux-là ne faisaient plus figure de victimes, et on attribua ces amours à d'étranges déviations : le goût de la dérision pour Mickey Rooney, le goût de la mort pour Dominguin. En tout cas, elle n'apparut jamais comme la moitié de quelqu'un, on ne l'imagina jamais attachée ou frappée par la condition féminine. Elle se promenait à travers sa célébrité et ses passades, avec une sorte d'indifférence, une sorte de recul aussi rare que son physique. C'est peut-être pour cela que les femmes l'aimèrent et supportèrent son insouciance.

C'est pour cela aussi peut-être que "La Comtesse aux pieds nus", le seul film où elle ait joué un rôle qui la représentait, où elle joua sa propre mort, fut aussi le seul film où elle sembla jouer la comédie. Car le cinéma, la caméra, les obsessions et les miroirs qu'ils promènent avec eux n'étaient pas son fort. Je la vis aborder le tournage de scènes tragiques en souriant, en mettant son chapeau de travers sur la tête, en envoyant des clins d'œil, je la vis aussi s'endormir sur le sol, parce que la mise en scène était trop lente (elle fut d'ailleurs dans ces scènes admirablement belle et superbement ailleurs). Je la vis bien plus concernée par un orchestre de Tziganes qui jouait faux ou par un maître d'hôtel abject, ou par un président de compagnie trop hypocrite : ses agacements, je dois le signaler, se traduisaient par des nappes tirées, des tables renversées, des présidents-directeurs vidés d'un taxi, ou par des disparitions interminables. Je vis des banquets en son honneur où elle ne vint pas, je la vis marcher dans la rue des nuits entières, je la vis réfugiée dans des silences orageux, mais ce n'étaient pas les caprices d'une star que je regardais, loin de là, c'étaient les sursauts d'un animal prisonnier que l'alcool délivrait souvent, bien sûr, pas toujours, je dois le dire, pas assez si je me rappelle la profondeur de ses chagrins muets… »

Subjuguée, je découvrais entre les lignes de Françoise Sagan les premières pistes des relations entre l'actrice et l'écrivaine. Elles s'étaient vues intensément pendant un mois, puis plus rien. Chacune était partie avec ses secrets.

Pourtant, Françoise Sagan était formelle.

« On jura de se revoir, on ne se revit qu'une fois, en effet, dans un aéroport, je crois, en tout cas dans un endroit bourré de gens qui nous laissèrent nous apercevoir, échanger un regard d'abord étonné, puis ravi, puis l'instant d'après, lorsque nous ne nous aperçûmes plus, nostalgique. Du moins j'espère que le sien le fut comme le mien. Quelqu'un me fit, bien sûr, remarquer qu'elle avait beaucoup changé. Mais je n'étais pas d'accord. C'était toujours ce port de tête orgueilleux, ces yeux froids et mélancoliques, et cette bouche si ferme, autant dans ses refus que dans ses appétits. »

Quelques années après, il y avait donc eu une rencontre furtive. Un rendez-vous manqué. J'avais la sensation étrange, l'intime conviction qu'Ava Gardner n'avait jamais rien dit de cette histoire. Elle s'était employée inlassablement à en faire un mystère, un mirage, un silence. Elle avait voulu emprisonner Sagan à l'état de fantasme et, mieux, gommer Françoise.

« Qu'était-elle d'ailleurs ? Plus j'y pense, moins je me le rappelle, moins je le sais. Je pourrais juste dire qu'elle était belle, et seule, et généreuse, et qu'elle aimait rire parfois. Je pourrais dire qu'elle était de ces gens qui font de notre vie parfois une sorte de paysage poétique, mais dont on a le sentiment qu'elle est pour eux un désert d'amertume, de ces gens primitifs

ou décadents, dont on ne sait où ils vont, et qui sans doute ne le savent pas eux-mêmes, tant ils sont ligotés par la nature. Et, dans le cas d'Ava Gardner, par leur beauté intrinsèque. Et donc au demeurant dont la destination importe peu, tant ils ont de grâce et d'éclat quand on les croise. Et tant ils traînent de rêveuses questions après sur leur passage, à la suite de leur démarche hasardeuse et inimitable. »

Ava Gardner venait de me choisir pour dévoiler sa vérité. On ne l'attendait plus nulle part et personne n'avait de temps à perdre. Une vieille histoire ? Une légende mondaine ? Une romance piteuse ? Une amourette ? Un ouragan étouffé ? Je refermai le magazine. Je m'apprêtais à plonger vers elle.

Pendant les mois qui suivirent, son flux de conscience allait devenir ma réalité.

6 avril 1981
3:12 pm
Aéroport de Londres-Heathrow
Terminal 3

Françoise Sagan, c'est bien toi ?

Fran, mais oui c'est toi, bien sûr.

Je suis sobre et ce n'est pas un mirage. Tu es là. C'est mon jour de chance. Quelle folie, quelle douceur. Nous respirons le même air. À quelques pas l'une de l'autre, si près et si distantes. Je crois que tu m'as reconnue. Je connais ton regard en transit. Il vient de passer sur moi comme un foulard jeté sur un coin d'épaule. Un coup d'œil par inadvertance, une ébauche de considération.

Ton cou se penche vers la gauche, tu clignes en saccades, tu brûles une Kool, réajustes la ceinture de ton imperméable immense, remontes ton col, puis tu te réfugies dans tes volutes de fumée. Tu as peur, toi aussi ?

Il faut dire que c'est impersonnel, ce hall d'Heathrow, et que je suis terriblement mal éclairée par les néons. Dire qu'autrefois, quand j'étais dans une pièce, je savais trouver le bon éclairage. Je porte ce chandail blanc cassé informe. Toi qui n'aimes sur moi que les couleurs foncées. Toi qui n'aimais sur moi… Tu disais que je pouvais me les permettre. Que le noir transcendait les belles et pardonnait aux laides. C'était un trait d'union dans notre dressing. Ça te faisait rire et je jouais la gênée. Pas par coquetterie ou fausse modestie. Non, tu m'intimidais, vraiment. J'étais abonnée aux compliments, ceux de tous les hommes de la planète, mais les tiens transperçaient mon âme. Comme si nous étions faites d'un métal identique et que, même si nos moules respectifs étaient aux antipodes, tu me comprenais.

Tu me gâtais aussi. De cadeaux, d'attentions, de mots doux.

Quand je me lançais dans un striptease sur la banquette arrière du taxi qui nous menait chez Bartolo : – Ava, tu es belle. Dans l'ascenseur étriqué de ton immeuble, mon corps encastré au tien : – Ava, tu es amorale. Quand je misais mon cachet de la semaine sur le numéro de ton choix à la roulette du casino d'Enghien-les-Bains : – Ava, tu es orgueilleuse. Dans mes sourires qui s'éternisaient en caressant tes cheveux dorés : – Ava, tu es mélancolique. Quand j'osais une sévillane ou un paso doble à l'étage de chez Lipp : – Ava, tu as la grâce. Tes déclarations ressemblaient à une oraison funèbre.

– Ava, tu es ivre. – Toi aussi tu es ivre, Françoise. – Oui, même plus que toi si ça se trouve, mais, dear Ava, tu es une star et quand demain, dans la matinée, un régisseur transi viendra te chercher dans ta suite du Raphaël pour te déposer aux Studios de Boulogne...

Après, tu te taisais, tu remuais ton verre de scotch, tu te confondais délicatement à ta ponctuation, tu étouffais des mots que tu préférais écrire, tu me souriais de biais, et on posait nos bouches l'une contre l'autre.

Et dans ces baisers, très chère amie, il y avait tant de lignes, des paragraphes entiers de précaution et de conseils bienveillants. Fais attention, Ava. Méfie-toi. Je comprends ce tourbillon hollywoodien qui a tout emporté. Je comprends cette sensation de ne plus être à soi et paradoxalement de détester être à soi. Ce vertige d'être commentée, jugée sans interruption : « La femme la plus excitante de sa génération », « Miss Gardner se prémunit de sa beauté contre la faiblesse de son rôle », « Elle ne sait pas jouer, elle ne sait pas parler, mais elle est fantastique ! ».

Je me souviens de mon aveu si maladroit au bar du Lutétia. On était assises dans le petit salon

Aristide, ouvert spécialement pour notre tête-à-tête. Les bouteilles étaient vides, en file indienne, les cendriers pleins à ras bord, nos mégots déjà entrelacés.

– Je n'ai lu aucun de tes livres, Françoise. – J'ai vu tous tes films, Ava. – J'ai la réputation d'être hautaine, pénible et autocentrée. – C'est vrai, c'est ce qu'on m'a dit, que tu étais particulièrement infréquentable. – J'espère te décevoir. Qu'est-ce que tu as écrit de beau ? – De beau, je ne sais pas, ce n'est pas à moi de le dire. – Et tu as du succès ?

Tu avais retenu un rire enfantin. – *La gloire, je l'ai rencontrée à 18 ans en 188 pages, c'était comme un coup de grisou.* Pour ce qui est de mes livres, je t'en offrirai un exemplaire de chaque, j'en suis à mon cinquième.

Tu étais juvénile. Encore sonnée par le tumulte que tu avais provoqué. Nous avions ce parfum en commun. Un parfum qui devait finir par s'évaporer ou tourner.

Tu mettais souvent des disques de Sidney Bechet ou de Duke Ellington pour accompagner nos confidences. Tu disais que *la musique de jazz, c'est une insouciance accélérée*. Je pouvais t'écouter pendant des heures. Tu me parlais ? J'en rêvais ? – Non, ne pleure pas, Ava. Même si treize années nous séparent et que tu as pris un peu d'avance avec le sablier, je compatis avec ta peur de rester seule, beautiful. Elle m'oppresse moi aussi chaque seconde. J'aime les frigidaires pleins alors que je ne mange presque rien ou si mal. J'ai besoin en permanence de ma ribambelle d'amis bruyants alors que mon métier déteste le brouhaha et le désordre. Je bois, je me drogue, je roule trop vite, je joue, je gagne de l'argent puis je perds l'argent que je n'ai plus, je paye, je gâte, je ris, je tombe amoureuse, je suis endettée, maigrelette, élégante, j'aime baiser avec les hommes mais je tombe amoureuse des femmes, je m'ennuie si vite… – J'apprends à te connaître, miss Sagan. – Je vous connais déjà, Ava. – Je vais t'aimer, Françoise. – Je vous aime déjà, mademoiselle Gardner. – Tu es plus rapide que moi, plus précoce, plus douée tout simplement. – Chut, cesse de te dénigrer, darling. Ta beauté ne doit pas te donner tous les droits et certainement pas celui de te flageller. – Nous sommes les mêmes toi et moi, deux femmes voulant essayer d'être un peu heureuses.

3:25 pm

Si je te fais un signe de la main, c'est trop ?
Ça te gêne ?
Si je te souris, ça te suffit ?
Fixe mes yeux d'ex-femme fatale, je t'en conjure.

Tiens, moi aussi, j'allume une cigarette. Je fume toujours comme un pompier, mais j'ai levé le pied sur l'alcool. C'était ça ou le corbillard. Et toi ? Tu n'as pas l'air d'avoir vieilli. Tu es légèrement plus blonde, les cheveux raccourcis et peut-être amaigrie. Je ne distingue pas tes traits. Je te vois en croquis flou. Je suis toujours aussi bigleuse. Ta posture est la même. Un petit rat de l'Opéra de traviole. Tu n'aimes pas être debout. Tu préfères être assise, courbée, pliée, allongée, recroquevillée. Blottie. Et tu donnes toujours l'impression de ne pas être à la bonne heure. Comme si tu devais te hâter ou décélérer. Une démarche rapide, des mots à la mitraillette ou une posture alanguie et des propos ralentis. Tu es une fraction de seconde et une éternité.

My Fran, je pourrais m'avancer de quelques mètres. Ce ne serait pas dangereux ni engageant. Oh non, ne recule pas. Reste dans mon champ de vision. S'il te plaît, au moins quelques minutes. J'ai besoin, j'ai envie, aie pitié.

Désormais, je suis rarement émue dans ma vraie vie. Je suis un sujet ennuyeux. Rares sont les rires et les larmes suscités par ce qui m'arrive à moi et non pas à Kitty Collins, Vénus, déesse de l'amour, Pauline Ostrovski, Pandora Reynolds, Julie Laverne, Eloise Y. Kelly, Maria Vargas, la duchesse d'Albe, Moira Davidson, la baronne Natalie Ivanoff, Maxine Faulk, Remy Graff, Maggie Grayson. Je suis devenue un buvard pour les tourments des autres et un désert pour les miens. Au fil des années, j'ai mis mon sang dans mes personnages et je me suis vidée de toute substance. Je suis devenue aride, lyophilisée. Un zombi manucuré. À force de tourner à la chaîne et de ne pas savoir dire non, je me suis habituée à mon train de vie dispendieux. *Vaquero*, avec plaisir, *Tous en scène*, comptez sur moi, *Mogambo*, j'adore les voyages et je ne connais pas l'Afrique, *La Comtesse aux pieds nus*, un honneur, même si Elizabeth Taylor était pressentie au départ, *La Croisée des destins,* pourquoi pas, au point où j'en suis, *La Petite Hutte*, où est le scénario déjà ? *Le soleil se lève aussi*, je suis extenuée mais j'accepte,

La Maja nue, parfait, du sur-mesure, en revanche vous allez devoir modifier les dates, *Le Dernier Rivage*, oui oui oui, j'avais besoin d'être remplie et j'ai tout accepté sans relâche.

Je n'étais pas comme ça à mes débuts. J'étais un volcan, une éruption permanente, un cœur dilaté, des photos de jambes et de maillot de bain, des flashs, des liasses et des hommes, des ruptures poignantes, des réconciliations pour toujours, du piment, des décapotables, du taffetas, du satin, des diamants, de la panthère, du bourbon et des corridas.

Je t'avais raconté combien Ernest Hemingway avait insisté pour que je joue Cynthia dans *Les Neiges du Kilimanjaro* avec Gregory Peck. Il avait demandé à Casey Robinson d'en écrire l'adaptation. Rendez-vous au Beverly Hills Hotel en fin d'après-midi. Je rencontrais le scénariste de *L'Aventure*, de *La Femme de l'autre*, d'*Une femme sans amour* et de *La Belle de Paris*. Des titres prémonitoires. – Vous buvez quoi, Ava ? – Gin tonic. Et des pancakes. Ça fait une éternité que je n'ai pas pris un petit déjeuner. – Dans ce cas, je vous accompagne. Espresso Martini et muffin.

On s'était souri. Il avait du charme et des manières. Trop sage pour me tenter. *Cry* de Johnnie Ray enveloppait les palmiers et les bégonias. Et le léger trouble s'était dissipé dans le sirop d'érable.

Casey, vraiment, vous êtes certain ? Un personnage né pour le malheur, mais capable de dire : « OK, c'est ma vie ! », et d'en rire de façon pathétique. – Forcément, je suis sûr, Ava ! Henry King est sûr ! Darry F. Zanuck de la Fox est sûr ! Et vous aussi d'ailleurs, vous en êtes sûre !

J'étais engagée à ma juste valeur. Un nouveau film sans une once de bonheur. J'apparaissais dans les flashbacks en Technicolor. La meilleure pour la passion folle, dévorante, vouée au tragique, au bourbier, aux bombes, à la gangrène.

3:26 pm

J'ai toujours trop aimé et jamais avec sagesse.

Souris, Fran.

Tu es adorable quand tu replaces ta mèche.

Tu es à tomber quand tu baisses ton regard.

Tous tes gestes sont les mêmes. Ceux devant le miroir, assise à ta coiffeuse, allongée dans ton lit, dans ta voiture, dans mes bras, après nous.

Souris-moi, Françoise Sagan.

Donc non, rien ?

Tu es horripilante quand je constate que tu gagnes encore.

Tu es forte pour les derniers mots, c'est ton métier. Moi, pour vivre, j'attends l'autorisation, le moteur demandé et « action », et je meurs après un « coupez ».

Tu m'en as dit des bobards. – *Je t'userai, je m'userai.* – Tes beaux mensonges. – *Je ne te quitterai pas, nous n'aurons pas de répit.* – Tes belles foutaises. – *Deux êtres humains doivent pouvoir vivre cramponnés l'un à l'autre sans respirer, ça s'appelle l'amour.*

J'étouffe.

3:27 pm

Et si j'essayais d'en rire de façon pathétique ? Puisque c'est ma foutue vie.

Rappelle-toi, Fran.

Aide-moi à ne rien oublier.

J'ai été comme ça, moi ? Une plaie béante et des éclats de rire. Tu m'as connue ainsi, n'est-ce pas, Françoise ? Tu m'as désirée pour ça ? On s'est abandonnées sans se le dire parce qu'on sentait intuitivement que je n'allais pas rester dans cet état terriblement vivant à perpétuité. Ma vitalité extravagante et infernale était de passage.

Sur le tournage de *Mayerling*, j'étais en désordre. Mon état était aussi tragique que l'histoire d'amour de l'archiduc Rodolphe d'Autriche, joué par Sharif et sa maîtresse, Marie Vetsera, interprétée par Deneuve. Le drame se jouait à tous les étages. Devant la caméra et dans mon quotidien. Ça faisait des semaines que j'errais entre Vienne et les lacs gelés du Haut-Doubs. Je n'avais en moi que des frissons et du chagrin, des coups de blues et des migraines, j'étais splendide et affreuse, grotesque et sublime, Ava malmenée par Gardner à moins que ce soit l'inverse.

On peut dire que tu m'as ramassée à la petite cuillère lors de cet hiver 67. Tu as été ma nounou, mon ange gardien et mon bodyguard poids mouche. Ma femme secrète aussi.

Dis-moi, tu t'en souviens dans les moindres détails de ce mois parisien ? Quand on est romancière, on retire de sa mémoire les souvenirs inutiles à sa prose ? Ou ils ont tendance à se confondre, à infuser, à se juxtaposer comme des milliers d'épaisseurs ? Tu m'as pillée ou tu as préféré m'abandonner ?

Moi, je pourrais rédiger un scénario de nos moments, un séquencier heure par heure. Notre parenthèse a duré à peine vingt-huit jours. Je m'endors avec ces cartes postales et leurs didascalies. La première rencontre, nos longues après-midi suspendues chez toi avenue de Suffren ou dans mon hôtel, nos insomnies pour être ensemble le plus longtemps possible, nos fous rires à en attraper le hoquet, nos cuites, nos lignes, nos gueuletons, nos gueules de bois, ma tristesse engloutie par ta légèreté, nos promesses dans un Paris glacé, tes digressions décalées, pertinentes, irrésistibles, tes projets de littérature, de vie et de fête, tes secrets, ton fils, mes enfants inexistants. Notre coup de foudre. Inexpliqué et évident.

Quelques jours avant le 31 décembre 1967. Un vendredi. Premier dîner en tête-à-tête, sans tes amis et notre cour. Il pleuvait avenue Kléber. Une bruine fine et gelée. Tu étais arrivée trempée comme un chat de gouttière. Tu étais passée par le sèche-cheveux de la salle de bain. Puis, avec désinvolture, tu m'avais offert un pendentif de chez Cartier. – Dans la vitrine, je me suis dit qu'il pouvait se permettre de s'accrocher à toi et qu'il ne te demanderait rien en échange.

Nos lèvres auraient pu s'aspirer. Des aimants blond et brun, une histoire rien que pour nous, cachée, interdite. Je t'imaginais me remonter les bretelles, ta franchise plongée dans mes pupilles vertes. Ava, je me sens responsable alors que je suis ta cadette. Je brûle ce que j'approche. Comme toi, j'aime la folie des excès, mais je te sens si démunie. J'ai l'impression que d'être écrivain offre un certain pouvoir, un droit plus insolent au délire et aux sorties de route.

J'avais ri pour ne pas pleurer. À l'époque, on disait que j'étais l'artiste qui riait le mieux à Hollywood.

Fran, tu veux dire que mes abus vont se réfugier dans l'ovale de mon visage, mes cernes, ma silhouette, mes doigts ? J'ai toujours eu une voix rocailleuse tu sais, et encore tu n'as pas connu l'accent campagnard de mes débuts. Ce n'est pas nouveau, mon timbre grave, vinyle, imbibé. Tu m'avais accroché ce si joli médaillon en montant sur le lit. Je t'avais demandé s'il était pour une occasion particulière. On célébrait quoi ? Un début, une fin, un dossier secret d'État ? J'avais une tête à avoir besoin d'un remontant en or massif ?

Chut, embrassons-nous.

3:29 pm

Regarde-moi, chère Françoise Sagan.

C'est *ta* Ava au milieu de la foule. Tu voyages avec qui ? Tu pars, tu reviens ? J'ai reçu tous tes livres depuis nos adieux provisoires. Parfois, je les ai eus avec un peu de retard. J'ai dû me mettre au français, mais je préfère quand je reçois la version anglaise. Pour te dire la vérité, je me suis arrêtée très tôt, dès *Un peu de soleil dans l'eau froide.* J'avais peur de disparaître au fil des romans. Dans *Le Garde du cœur*, je suis partout, omniprésente. Tu m'avais prévenue à l'époque. Mon existence t'avait imposé des ajustements. Le livre sortait en mars 68, mais il avait suffi de quatre minuscules semaines dans ta vie pour avoir un destin romanesque. *Je m'appelle Dorothy Seymour, j'ai quarante-cinq ans, les traits légèrement tapés, car rien de ma vie ne l'a sérieusement empêché.* Je me fais des films sans doute. Un livre prend du temps à être imprimé. On ne change pas de version en un claquement de doigts. Mais je me sens un peu partout dans les traits de cette scénariste gentille, généreuse, portée sur le whisky et à la moralité floue. Comme elle, j'adore le rotin. Ça file les bas, mais c'est léger à déplacer. Comme elle, je n'adore pas la secte hollywoodienne. *Les gens, là-bas ont cette manie de connaître ou reconnaître tout le monde*. Et puis, c'est forcément flatteur qu'un jeune homme si beau tue pour moi. C'est invraisemblable mais plaisant.

Mais je suis peut-être naïve et tu ne m'as jamais vraiment répondu à ce sujet. Si ça se trouve, j'ai juste été un spécimen à observer, une réalité venant se frotter à ta fiction. Un cobaye en chair, en os, en turpitudes. Après tout, tu aurais pu m'utiliser pour la crédibilité de ton personnage. Tu te serais dit : tiens, il y a la Gardner qui broie du noir, elle erre là, tragique et toxique, seule comme un rat mort, disposée à tomber dans mon panneau. Bingo, je sors mon microscope. Bravo Françoise, tu as fait un sans-faute. Tu peux être fière de ton imagination, maestro. Tu n'as rien à effacer de tes lignes, tu es même confortée dans tes choix, tes envolées, tes opinions, enfin, celles de Dorothy, ma siamoise. *C'est une chose affreuse la gloire, ici, quand elle ne dure pas, c'est une chose répulsive.*

Stop, Ava, vieille sotte. Je ne vois pas pourquoi je m'entête à abîmer ou à relativiser notre histoire. Cette manie de tout dénigrer est aussi tenace que mon haleine goudronnée. Tu sais que pendant toutes ses années, il m'est souvent arrivé d'entamer la conversation avec moi-même et exclusivement à ce sujet. Tu verrais ça, c'est peu glorieux. Quand je récite mes textes à voix haute pour les retenir, c'est banal. Quand je fais ça, aussi, pour me convaincre ou me dissuader, c'est plus préoccupant. Je déblatère dans mon asile, souvent ma cuisine accrochée à mon *mug* de darjeeling.

Évidemment que Françoise n'a jamais joué, ni simulé. Elle était sincère. Tu sais déceler la sincérité, toi ? Tu as passé ta vie à te faire plumer par les hommes, tu crois que c'est différent les violons d'une femme ? Même avec une voix fluette et une allure de yorkshire. Réveille-toi. Tu ne vois pas que tu es juste bonne à attiser la curiosité. Tu es un trophée, pauvre cruche. Un name dropping dans un dîner mondain. Et tu ne crois pas que si ça avait été si fort et si évident, elle t'aurait dédié un de ses bouquins. J'ai vu tout le monde sauf toi, ses parents, son frère, sa sœur, ses amies… Taistoi, laisse-moi, tu n'as rien compris. Fran et Ava, c'est différent, une association sacrée. Et quand bien même, il y a eu de la curiosité chez elle, il y en a eu aussi de ma part. J'ai été intriguée, excitée par son intelligence, sa drôlerie, sa timidité plus courageuse que mon aplomb en toc. Pitié, tu *es* Ava Gardner, *la* Gardner, tu n'as cessé de te brader toute ta vie. Regarde-toi. Pourquoi Sagan débarque à ton avis ? Sa curiosité ne fait pas d'elle une tricheuse ou une menteuse. Atterris, espèce de cruche. Tu es un shoot haut de gamme pour une droguée. Tu es une seringue qu'on donne à un héroïnomane. Il suffit de plonger dans tes yeux pour savoir que tu aimes le danger, que tu le cherches, tu le traques. De grâce, ferme-la, misérable taupe. Sagan m'a aimée. Sagan a joui dans mes bras. Sagan m'a fait jouir. Et puis quand on ment si bien, avec autant de talent, c'est qu'il y a un fond de vérité.

Little Fran, mon doux amour d'autrefois. Promis, je ne mets plus rien en doute. Je cesse de maltraiter ma parano. Tu me connais, tu sais que j'aime beaucoup mais pas raisonnablement. J'ai le goût de l'excès, de la démesure. Je suis douée pour les psychodrames, les meubles retournés, les tessons près des pupilles, les colts pointés sous mon nez. J'ai une petite musique au fond de moi qui tente toujours le diable et guette une fin dramatique et définitive. Avec toi, c'était différent. Tu avais la même petite musique dans tes veines, tu souffrais des mêmes acouphènes imaginaires. Et réunies, ça ressemblait à un concerto.

3:32 pm

Prends-moi, prends-moi, prends-moi dans tes bras. Je n'aime que toi. Ne me quitte pas.

J'adore cette chanson. Tu l'avais écrite pour Juliette Gréco et je te la fredonnais.

Allez, fais-moi rire, Fran.

Une histoire drôle ou une vacherie sur quelqu'un, que je connais si possible, mais ne t'inquiète pas, je ne ferai pas la difficile. Je prends ce que tu peux me donner. Je gobe tout au vol, j'accepte ta becquée. À mon âge, je n'ai plus la force de mes exigences.

De mémoire, Dorothy et Lewis échangeaient :

« Quarante-cinq ans.

– Vous avez de la chance, dit-il.

– De la chance ? Pourquoi ?

– D'être arrivée jusque-là. C'est une bonne chose de faite. »

C'est ce qu'on s'était dit autrefois, Fran. Tu es *ma* Lewis. Tu aurais tué pour moi. Tu aurais fait le vide dans mon capharnaüm. Je me suis sentie tellement forte et invincible d'être désirée par toi. J'espère toi aussi un peu. De temps en temps, à cette période, j'avais des envies de mort. La gloire était en train de devenir ma pire ennemie. Après la propulsion, elle m'engloutissait. Peu de films et beaucoup de gin. Il faut tellement de courage pour se tuer. Tu m'avais répondu – *Il suffit de penser au nombre de gens qui n'ont que ça à faire et n'y parviennent pas.*

On aurait dû rester enchaînées l'une à l'autre sans respirer.

On aurait dû.

Tourne la tête vers la gauche, Fran. Un peu, au moins. Souris-moi, même du bout des lèvres. Qui fait le premier pas ? Je devrais oser, mais je reste plantée. Comme si j'avais honte de moi et peur de lire sur ton visage le choc en voyant mon nouvel aspect. Et tous ces gens témoins de nos retrouvailles. On n'est pas faites pour les foules et les halls climatisés. On préfère les moquettes épaisses, les tapis persans, les couettes moelleuses, les œufs au plat dans de la porcelaine, les bars entassés, les clubs où je danse et où tu me dévores.

Laisse-moi deviner, tu pars à New York, au Népal ? Tu es en tournée pour ton prochain livre ? Tu décolles pour te reposer au soleil de Floride ? Moi, j'arrive de Paris. Je rencontrais Pierre Rey, le scénariste de mon prochain film. Tu le connais ? C'est un écrivain qui a le vent en poupe et qui vient de rompre sa carrière pour entamer une psychanalyse avec Lacan. La vie mondaine, le jeu et ses histoires sans lendemain le rongent. Il semble très mal à l'aise avec l'accélération de l'existence, contrairement à toi qui n'en as jamais assez de la vitesse. Le projet de film : *Regina Roma* avec Anthony Quinn. Je devrais tourner dans moins d'un an, mais ils hésitent encore entre moi et une autre. Tu imagines, pour jouer une mère abusive, une vieille épouse, je ne suis même plus un premier choix. Bon, je n'ai pas voulu savoir qui était « l'autre ». Il m'a juste dit que la jeune fiancée du fils unique serait jouée par Anna Karina. Dans son cas, il n'y a pas « elle et une autre ». Il m'a montré des photos. Dont une avec toi quand tu l'as mise en scène pour *Il fait beau jour et nuit,* il y a trois ans. J'aurais tellement aimé jouer au théâtre, moi aussi. J'aurais sûrement préféré ça au cinéma. L'idée d'un vrai public me terrifie autant qu'elle me fascine. Ma timidité m'aura gâché beaucoup d'occasions, finalement.

Devant ce cliché si beau de toi et elle, j'ai pensé à mes choix et à mes renoncements dus au trac. Je crois qu'il a décelé mon émoi. Anna est allongée sur une chauffeuse et tu es penchée sur elle, le texte dans une main, un châle en perdition entre ton cou et l'autre main. Tu la regardes si bien et ses yeux sont si reconnaissants.

Fini les foutaises. Je te baratine. J'ai horreur du théâtre. Il représente tout ce que je suis incapable d'atteindre. Une hygiène de vie rigoureuse avec des nuits pleines et calmes. Oh, tu peux te moquer. Ça fait bien dans le décor quand une actrice balaie d'un revers de manche Broadway ou Covent Garden. « Oui, moi, vous savez, le théâtre, et blablabla, il aurait pu y avoir des occasions, et blablabla, c'est le rêve de toute actrice accomplie… Bullshit. »

Moi, je voulais des plans de travail en fonction de mon test d'alcoolémie, des caméras qui contournaient ma langue frelatée, des réalisateurs patients, des cachets faramineux et capables de financer mes orgies. Pouvoir fuir à tout moment, planter une équipe, un partenaire… Tout cela a été possible parce que le public ne m'a jamais observée autrement qu'à travers un grand écran étalonné. Je n'ai été qu'une image. Une relique. Je n'étais pas équipée pour une routine et un rideau qui se lève chaque soir à vingt heures tapantes.

Aurais-je changé d'avis grâce à toi ?

Si je t'avais implorée de me mettre en scène ?

Mon jeu t'aurait-il tenté, Fran ?

Tu aurais accepté de te coltiner mes nerfs et mes débauches ?

Tu penses que mon gin et ta cocaïne auraient fait bon ménage ?

Arrête, Ava. On dirait que tu tapines ou que tu fais la manche. Tu ne crois pas que c'est bel et bien derrière toi, tous ces plans de carrière ? Et y a-t-il plus pathétique que de devenir une star réconfortée par les planches. « Ce soir, on va voir Gardner. Qui ? Gardner, Ava, l'ex-femme de Sinatra. Ah, épatant ! Les trois coups, la poursuite, les bruissements, les chuchotements, l'entracte, le bilan et les commentaires, les applaudissements. Ce soir, on a vu Gardner. On a vu celle qui avait le monde à ses pieds. On a vu la plus belle femme du monde. Un monde qui n'existe plus. Ou un monde sans elle. »

Pendez-moi, ce sera moins douloureux. Il m'avait prévenue, Humphrey Bogart, « attention à toi, si tu continues à te saouler, à te laisser aller, tes matadors s'apercevront que tu n'es qu'une traînée ». Il était extralucide, ce salopard.

Tu sais, toutes ces années, je me suis interdit d'imaginer que tu observais chaque actrice avec la même intensité. Tes yeux sur Jean Seberg, Ingrid Bergman, Monica Vitti, Joan Fontaine… *Bonjour tristesse*, *Aimez-vous Brahms*, *Un château en Suède*, *Un certain sourire* sur grand écran, tes personnages incarnés et voluptueux. Non, ton regard sur moi était unique, réservé, privatisé. J'ai été ton élue pendant ce mois trop bref.

Tu crois qu'Anna Karina a un physique de muse ? Qu'il faut avoir été la protégée d'un grand réalisateur pour tourner avec les plus illustres et s'inscrire sur la durée. Je ne suis quasiment jamais sortie avec mes réalisateurs, c'était au mieux des flirts anecdotiques. J'ai eu des histoires d'amour avec des acteurs, des musiciens, des éditeurs, des playboys mondains, des toreros, et une histoire d'amour intersidérale avec Frank Sinatra. Mais pas d'abonnement à Joseph L. Mankiewicz ou John Huston, pas de carte de fidélité à Albert Lewin ou Robert Siodmak, tout au plus deux films avec le même, presque par hasard. Je pense à ma sœur de cœur Grace Kelly et Alfred Hitchcock. À Marilyn avec Billy Wilder. À Bibi Andersson sous la houlette de Ingmar Bergman. À Mireille Darc protégée par Lautner. Howard Hawks ou Vincente Minnelli se disputant Lauren Bacall. Je n'ai couru qu'après l'infidélité. Je n'ai jamais vraiment cherché à faire carrière. J'ai butiné. Tant que j'étais sacrée reine des écrans, ça me suffisait.

Le succès n'était pas mon aphrodisiaque mais mon lent poison. Il m'a même empêchée de fonder une famille. Même si tu ne me jugeais jamais, tu ne me comprenais pas sur ce sujet.

Alors Françoise, puisque tu pourrais traverser sur la pointe des pieds le marbre de ce terminal et, après des questions d'usage, embrayer sur des considérations plus existentielles, non, je n'ai pas changé d'avis et les années n'ont pas réussi à m'infléchir.

On danse, Fran ?

Pour une fois, accepte.

Trois fois rien, on se plaque, on chuchote, on se comprend.

Je veux ton parfum dans ma nuque. Jacinthe, jasmin, bois de santal. Tu n'en as pas changé ? *On ferme nos paupières*, notes de tête, notes de cœur, notes de fond, puis enfin ton odeur, ta peau, et *on supporte le choc*.

3:34 pm

Toutes ces annonces pour des départs aux quatre coins du monde, quelle plaie. Ces gens pressés de partir, de fuir, de rejoindre. Des visages hésitant entre joie, hâte et nervosité. Je me demande bien quelle tronche je fais à l'instant. Ça vaudrait le coup de sortir mon poudrier pour faire un bilan. Dans l'avion, avant d'atterrir, j'ai vu. Devant le tapis des bagages, avant de récupérer ma valise, j'ai vu. Mais depuis que j'ai croisé ta silhouette ? Je sens ma peau picoter, j'ai chaud, froid, je replace sans cesse mes cheveux – j'aime tes boucles –, j'ai remis à la hâte du rouge à lèvres – j'aime tes lèvres –, je me suis aspergée de parfum – j'aime ton odeur. J'ai un rencard avec ma mémoire, Fran. Je me pomponne pour un putain de souvenir. On serait enlacées et tu me dirais comme on commande un mojito, *la mémoire est aussi menteuse que l'imagination et bien plus dangereuse avec ses petits airs studieux.*

Attends, ça me revient. On était où, ce jour-là ? C'était quand ? Une nuit volée dans mon hôtel, un soir de janvier peut-être. Oui, ça y est, je te vois, tu étais allongée en chien de fusil sur le tapis, près du radiateur, les pieds nus avec un vernis bleu Majorelle. Tu avais eu des contrariétés avec ton éditeur. Tu voulais en changer ou tu venais d'en changer. Tu répétais qu'il était enquiquinant. Je te comprenais et je compatissais. Depuis mes 19 ans, j'avais eu les studios à mes basques comme des sangsues, j'imaginais bien que l'écriture était aussi une forme d'aliénation. Tourner, publier, jouer, écrire, pas de répit. L'argent, il nous en fallait beaucoup, à toi et à moi.

Tu sais, *dear* Fran, j'ai commencé avec un contrat de 50 dollars par semaine avec la MGM. – J'ai eu droit à 100 000 francs en espèces pour mon premier roman. – Tu en as fait quoi ? – Mon père m'avait conseillé de les jeter par la fenêtre. Je les ai dépensés en un claquement de doigts. Et c'est tant mieux, j'ai besoin de contrainte pour travailler. – Beaucoup, puis plus, au fond, moi aussi je suis indifférente à l'argent. Tu es riche ? – *L'intérêt de l'argent, le principal peut-être, c'est qu'on se sent à l'aise partout.*

Mais tu n'aimais pas que les conversations s'embourbent. Dès que ça devenait un peu trop sérieux, tu bifurquais. – Demain, tu veux venir chez Alexandre, avec moi ? Je dois me couper les cheveux. J'ai une télévision mardi et je ressemble à un plumeau.

J'avais ri. J'avais faim. On avait commandé à dîner. Une paëlla à deux heures du matin et de la sangria. Tu m'avais embrassée. Ta désinvolture m'engloutissait. Tu n'étais plus un passe-temps, un seau de pop-corn, une distraction. Quand je m'étais levée pour aller ouvrir au room service, j'avais noté tes bouts de phrases sur le papier à lettres du Raphaël, comme des mantras. D'ailleurs, j'ai recopié plein de trucs de toi pendant ces vingt-huit jours. Comme du plagiat. Tes phrases sont devenues les miennes. Tes mots sont restés accrochés à mon cœur. Tes pensées ont rempli mon cerveau. T'as un don pour ça. Mazouter les âmes.

Et ta particularité la plus incroyable, la plus émouvante, la plus renversante, la plus inoubliable, c'est ton air de rien.

Allez, ça y est, j'ai ressorti les violons. Je fais de la littérature à l'eau de rose. Quelle nigaude. Bon, j'arrête les flonflons.

Ce n'est pas moi. Ava, c'était rugueux, sanglant, méchant, nombriliste. Ça a toujours été ma réputation, à juste titre. Un cœur antipathique et prétentieux.

3:36 pm

Françoise, signons un pacte.

Asseyons-nous une petite heure et tirons la pelote de notre dernière décennie. D'accord ? Si je te promets, ni grands discours ou commémorations. Aucun sanglot ni trémolo. De la légèreté. Tu fais une réussite et je t'applaudis. Je prends un Pepsi, et toi ? Une coupe de Veuve Clicquot ?

C'est moi qui suis en deuil. Fin de projets en cascade, fin d'argent qui coule à flots, fin d'une partie de ma féminité. J'ai renoncé deux fois à donner la vie. Puis j'ai renoncé définitivement. Parfois, je m'autorise à le regretter. Je me planque derrière mon manque de courage.

Tu savais qu'il aurait fallu rompre mon contrat MGM et, même si Frank était mon gigantesque amour, on se faisait trop de mal quand nous étions ensemble et trop de bien une fois séparés. Je n'ai pas eu le cran de balancer ma carrière dans le ravin. J'ai su très tôt que je finirais seule avec des albums de souvenirs grand train de vie. Il y eut d'abord mes nausées sur le tournage de *Mogambo* de John Ford en novembre 1952. Frank avait débarqué sur les rives du fleuve Kagera dans notre campement de trois cents tentes. Clark Gable le rendait fou de jalousie. Nous avions été amants lui et moi et ça m'amusait de lui rappeler que nous avions baisé ici ou là presque faute de mieux. Ce n'était plus le cas à l'époque. Clark aimait conquérir, et quand c'était fait, il allait au bout avec les femmes et puis les délaissait. À cette époque, il avait jeté son dévolu sur Grace Kelly, Gracie, ma merveilleuse amie. Si belle, dénudée dans le lac Victoria et le nez rosi sous l'effet de l'alcool. Grace est comme moi, c'est une réaliste. On prend ce que la vie nous apporte, et au passage, on se sert de ce qu'il y a de bon. Elle s'est pas mal servie : un mari, trois enfants, tout l'argent du monde. Finalement, elle a tout réussi mieux que moi. Un Oscar à 24 ans et une merveilleuse famille pour papier glacé.

Alors, non, pas de grossesse. J'avais des principes très stricts sur le fait de mettre un enfant au monde. Je pensais que si l'on n'était pas décidée à lui consacrer l'essentiel de son temps pendant les années de la petite enfance, c'était injuste pour le bébé. Un enfant qui n'est pas désiré – et les enfants le sentent toujours – sera handicapé à vie. Sans parler de toutes les sanctions prévues par la MGM pour les stars qui faisaient des bébés. Si j'avais un enfant, mon salaire serait amputé. Alors comment est-ce que je gagnerais ma vie ?

Frank était complètement fauché et j'imaginais, à tort j'en conviens, que ça pouvait durer. Mes prochains films devaient me faire voyager aux quatre coins du monde. Je ne pouvais pas avoir un bébé dans ces conditions. Et sur *Mogambo*, ma grossesse commençait à être visible. John Ford ne voulait pas en entendre parler. Il était prêt à modifier le plan de travail, à adapter les angles de vue. « Je vous en prie, gardez votre enfant. Et ce sera un choc terrible pour Frank quand il le saura. » Il n'aurait jamais dû l'apprendre mais je ne pouvais rien lui cacher, même mes erreurs honteuses. Surtout que je dus à nouveau avorter un an après, avant le tournage des *Chevaliers de la Table ronde*. Si nous avions eu un enfant, Frank et moi, si je l'avais élevé seule, mal, par intermittence, si MGM avait rompu mon contrat, si j'avais grossi, sombré, disparu… Moi qui n'ai rêvé dans ma vie que de faire des gâteaux, arroser des géraniums et passer l'aspirateur. Je pense que Judy Garland avait raison, « avoir des enfants c'est comme vivre avec le cœur à l'extérieur du corps ». C'était un sacrifice incompatible avec ma nature profonde et mon égoïsme féroce.

Oh, je suis navrée, Françoise, je rabâche. Tu dirais que je suis assommante, pas vrai ? Une vieille bique qui sent le musc et la clope. Tu as raison, j'en parle trop pour être honnête, c'est le seul moyen que j'ai trouvé pour ne pas être bouffée par les regrets. Tu sais, la mère de Frank pratiquait des avortements dans le New Jersey. C'était clandestin, forcément très mal vu dans les années 20, mais ça soulageait des femmes, la plupart du temps immigrées et désœuvrées. Un soir, il me l'avait avoué, comme une maladie honteuse et scandaleuse. Moi, j'avais pris la défense de Natalie. J'avais vanté son courage, sa modernité, sa bienveillance de sage-femme. Ça l'avait rendu furieux. Sa bienveillance ? « Avec les autres peut-être, mais avec moi, je ne savais jamais si elle allait m'embrasser ou me taper. » Il m'avait bousculée méchamment, ses yeux bleus étaient injectés, son haleine distillée. En interrompant mes grossesses, je lui échappais, je le fuyais et je m'apprêtais à devenir comme sa mère. Ma sœur me sermonnait. « Grandis, bécasse. En restant l'absolue de Frank et son idéal féminin au ventre plat et à la peau ferme, tu vas finir par disparaître dans la nature des vieilles filles ménopausées. » Bappie avait raison. J'étais enfermée à double tour dans mon schéma. Je sabotais les désirs de bâtir et donc d'avenir de Frank. Lui, évoquait en permanence le futur, je me contentais de me vautrer dans le présent et de frimer avec mon indépendance en diadème.

Tu me vois aujourd'hui. Je ne suis plus une vamp débordante de vie. Je suis une femme triste et mécontente d'elle-même. Je suis un souvenir.

3:38 pm

J'ai le don pour plomber l'ambiance, pardonne-moi. Allez, on trinque. Cheers ! À toi, à la suite chacune de notre côté. Tu penses à quoi, là ? À ce qu'on a vécu ensemble, à ce que je suis devenue ? Tu vas voir mes quelques films quand ils sortent à Paris ? Il n'y en a pas eu tant que ça. Des importants, des « qui comptent ». Je ne suis plus vraiment dans ma période faste. Je cours après le cinéma après avoir eu le cinéma à mes trousses. Dans quelques années, je devrais avoir droit à ma retraite de la MGM, ce qui me permettra de cesser de travailler. Finalement, tu as aimé *Mayerling* ? Pendant quelque temps, j'ai pensé que tu m'écrirais pour me faire part de tes remarques. Pas comme critique cinématographique, plus comme un round d'impressions. Et puis, non, ça n'aurait eu aucun sens, tu ne pouvais pas renouer contact, on s'était donné tout ce qu'on avait pu se donner, il n'y avait rien à retenter. On sait juste, toi et moi, que Catherine est spectaculaire en Marie Vetsera. Blonde à se damner, d'une jeunesse éclatante, *aimée par des hommes, aimant ses enfants et aimée du public,* tu me disais. Elle coupe le souffle, chaque image d'elle a été pour moi une gifle, une suffocation, un miroir à descendre à la cave.

Pourtant j'adore Deneuve, *sa carrière, ses choix, sa pudeur, sa discrétion*. On s'est connues grâce à elle, je lui dois tant. On aurait pu se croiser autrement, à d'autres occasions, par l'intermédiaire de différents entourages, mais ta venue, ce jour-là, aux studios de la rue de Silly, était bien pour voir Catherine Deneuve et pas Ava Gardner. Avoir été choisie par Alain Cavalier et toi pour interpréter le rôle d'une jeune oisive, belle et libre, Lucile dans *La Chamade*, me rendait ivre de jalousie. Catherine nous avait présentées dans le couloir entre sa loge et la mienne. – Nice to meet you, miss Gardner. – Call me Ava. Il y eut beaucoup de Oh my God et de Great dans ce couloir. Un enthousiasme bon chic bon genre bien chiant. Tu aimais tant ce projet.

Vingt ans auparavant, j'aurais pu prétendre au même rôle que Catherine. Même si tous les réalisateurs m'ont davantage choisie pour ma puissance dramatique et mon éclat mélancolique, incarner une jeune femme douée pour le bonheur aurait été à ma portée. *Il faut que vous compreniez bien que je vous aime. Ne pensez pas que je vais me consoler de vous, ni vous oublier, ni vous remplacer.* Mes tripes, mon cœur, mon corps étaient à l'unisson. Et puis, l'avancée inexorable…

Ce jour-là, j'avais refusé de déjeuner avec l'équipe. J'avais fugué dans le bistrot d'en face. Les raisons ? Des broutilles insurmontables. Je m'étais mise en rogne à cause du plan de travail et de la lenteur des prises du matin. J'avais surtout vu le désir brûlant sur une autre que moi. Mon métier ne me faisait plus de fleur.

Assise sur la banquette, pull bleu ciel, jupe crayon grise, une bouteille de Moët & Chandon pour me tenir compagnie, je regardais d'un air hagard les allées-venues. Des couples, des hommes d'affaires, des serveurs virevoltants et moi. Un pedigree long et désastreux. Mon amertume me faisait bâiller et bientôt sombrer.

– Serveur.

J'avais apostrophé le plus mignon de la salle. Un petit air Paul Newman en plus rustre, un postérieur rebondi, dépaysant.

– Oui madame.

– Vous savez qui je suis ?

– Heu, oui madame.

– Asseyez-vous quelques minutes.

– Je n'ai pas vraiment le droit…

– Je m'occupe de tout. Normalement, on ne peut rien me refuser. Vous êtes marié ?

– Non, pas encore.

– Vous avez une copine ?
– Vite fait.
– Vous ne me demandez pas pour moi ?
– C'est gênant… je ne suis pas censé… enfin, je suis juste là pour débarrasser.

Débarrasser, c'est ce qu'il allait faire. J'avais pris une grande inspiration. Je manquais de force pour me parler à moi-même et faire un bilan sentimental.

– Après vingt-sept demandes en mariage et autant de refus, j'ai fini par accepter la vingt-huitième demande de Mickey. Je lui ai offert ma virginité et lui une alliance avec « Éternel Amour » gravé à l'intérieur. Mickey était un bon amant, tendre et expérimenté. Nous nous aimions, il me faisait rire, notre bonheur dura quinze jours. Mickey était acteur, un adolescent superstar. Il m'a appris beaucoup sur le métier, les postures, la tenue, la diction et les mouvements de caméra. Premier divorce.

Je le célébrai par un cul sec.

– Après, je me suis amourachée d'Artie Shaw. Prodige de la clarinette, chef d'orchestre de jazz. Un homme en vogue, très populaire. Le premier Blanc à avoir engagé des musiciens noirs dans sa troupe, érudit, plutôt playboy. Je l'ai dragué, on s'est mariés. Le 17 octobre 1945. J'étais follement in love et il était follement désagréable. Il a même émis des réserves quant à mon niveau d'intelligence. Vous vous rendez compte ? J'ai fait un test de QI pour me rassurer. Au-dessus de 120, l'honneur était sauf ! Artie reste une des grandes blessures de ma vie et je ne crois pas qu'il se soit rendu compte du mal qu'il me faisait en me rabaissant constamment. Deuxième divorce.

Cul sec.

– Puis j'ai papillonné. Des intermèdes avec des hommes déjà mariés, des flirts avec mes partenaires, des techniciens, des serveurs et je ne dis pas ça pour vous, des poètes, des matadors. J'ai souvent attiré les mauvaises personnes. Mario Cabré en faisait partie. J'ai couché une seule fois avec lui et on peut dire qu'il l'a rentabilisée. Il n'attendait que cela pour claironner sa bonne fortune dans tout le monde libre et il s'y est employé avec beaucoup d'efficacité. Quelqu'un avait dû lui mettre dans la tête que la publicité était le nerf de la guerre : si vous voulez accéder à la célébrité, il faut faire les gros titres des journaux. Il n'avait pas d'autre intérêt que son intérêt personnel et cynique. Un sale type, vraiment, et pas renversant au plumard.

Le serveur rougissait au fil de mes évocations. Je lui avais servi un verre d'eau qu'il avait dégommé d'une traite.

– Je vous ennuie ?

– Non, pas du tout.

– J'ai rencontré Luis Miguel à Madrid, au cours d'une soirée mondaine. Luis Miguel était une immense star. Un toréador très séduisant, libre malgré d'anciennes conquêtes aussi célèbres que Rita Hayworth ou Lauren Bacall, richissime. Notre coup de cœur a été immédiat et réciproque. Très vite, on est devenus fusionnels. Luis Miguel était l'antidote rêvé à Sinatra. Notre vie était douce, festive, jet-set. On recevait Churchill, Hemingway, dans sa propriété la Villa Paz… J'étais aux anges. Et là, vous vous dites que c'est un conte de fées. Eh bien non. J'ai refusé de l'épouser. J'ai pris la fuite par peur de m'ennuyer. Je gâche tout, n'est-ce pas ?

Ce n'était pas vraiment une question, plus un constat. Je retournai ma première bouteille dans le saut à glace et fis signe au maître d'hôtel pour une nouvelle.

– J'ai ensuite jeté mon dévolu sur Porfirio. Un diplomate dominicain millionnaire. Il avait été le mari de Danielle Darrieux. Une actrice française, vous la connaissez peut-être. C'était un coureur, tout Hollywood était passé entre ses jambes : Marilyn Monroe, Rita Hayworth, Kim Novak, Veronica Lake, Zsa Zsa Gábor, mon nom venait se rajouter à sa liste. Après, j'ai changé de continent. On m'a présenté Walter Chiari, le plus jeune comique d'Italie. On s'est aimés au gré de mes tournages et de ses représentations. Il était gentil, amusant, bien physiquement, de caractère égal, très intelligent et d'excellente compagnie. Et puis, oui, Walter m'a souvent demandé de l'épouser, mais je n'ai pas pu, et je ne l'ai pas fait. Le gouffre qui sépare aimer bien d'aimer tout court est en ce qui me concerne aussi vaste que le Pacifique. Et entre Walter et moi, ce gouffre n'a jamais été comblé.

Le bouchon de champagne avait retenti dans la salle. Certaines têtes s'étaient mollement retournées. J'avais tendu ma coupe dans mon désert.

– Impossible de ne pas évoquer Howard Hugues. Ce serait injuste, il s'est tellement démené pour moi. Vous voyez de qui je parle, jeune homme ? L'un des hommes les plus riches et les plus puissants des États-Unis. Aviateur, constructeur aéronautique, producteur et réalisateur. Ce bougre n'a eu de cesse de chercher à me séduire. Il me disait : « Ava, je sais que vous n'êtes pas amoureuse de moi, mais vous avez déjà été mariée trois fois, alors je me suis demandé si vous accepteriez de prendre maintenant ma demande en considération ? » J'ai passé mon temps à refuser ses avances. Bon, je vous libère. Je crois qu'on a fait à peu près le tour du chantier.

– Et Sinatra, madame ?

Il fallait me laisser seule. C'était aisé de parler des autres mais douloureux d'évoquer mon éternel amour. Frank, Franky, Chi-Chi. On s'aimait trop, on buvait trop, on était trop doués pour se maltraiter.

À cette époque, quand j'étais amoureuse ou que je vivais une aventure, je cessais de travailler. Je n'ai jamais su où me situer finalement, ni choisir. Peut-être parce que tourner ne m'a jamais amusée et que ce n'était pas si drôle d'avoir du succès partout.

3:40 pm

Le deuxième magnum de Moët & Chandon se vidait tristement. J'avais choisi des œufs mayonnaise et un morceau de brie pour faire passer le temps et le vague à l'âme.

Le serveur m'avait abandonnée ou je l'avais remercié et tu étais entrée, presque précédée par un manteau plus lourd que toi. Les clients t'avaient reconnue. En ce qui me concerne, sans maquillage, on leur avait dit qui j'étais. Ta timidité avait bravé les intempéries, le froid dehors et mon regard coupant mais plein de désespoir.

– Je vous attendais. – N'exagérons rien. – Je vous assure. Je suis incapable de me distraire moi-même. Je dois être divertie à chaque instant. – Vous vous lassez vite ? – C'est épuisant. – Je souffre des mêmes symptômes. La vie doit tourbillonner en permanence.

Je m'étais esclaffée, tu avais fumé. Tu es belle quand tu allumes une cigarette, elle prolonge ta fausse fragilité.

Vous prenez quoi ? Salé ? Sucré ? – Mes amphétamines feront l'affaire.

Je n'avais pas relevé, à peine, léché mon index recouvert de mayonnaise. Tu avais enchaîné sur ton appétit d'oiseau, deux trois spaghettis, une compote, un lambeau de poulet. Et m'avais expliqué que tu n'étais boulimique que pour la cocaïne et la morphine. On ne se connaissait que depuis un quart d'heure et tu avais décidé d'apparaître devant moi avec ton chagrin festif et tes addictions. C'était bizarre. J'avais l'impression que te livrer était contre ta nature profonde et que pourtant, seule face à moi, tu avais envie d'accélérer les préliminaires.

Nom, âge, taille, poids, couleur des yeux, des cheveux, métier, hobbies, religion, signe astrologique, opinions politiques...

Le jour, je dors. La nuit, je revis. – Pareil. Vous faites quoi de vos vingt-quatre heures ? – *J'écris généralement entre minuit et six heures du matin. Je me lève tard, à l'heure du déjeuner, et je traîne pendant la journée : je vois des amis, je vais à droite et à gauche, je lis... Je dîne dedans ou dehors, selon les circonstances, et à minuit, je quitte tout le monde pour me mettre au travail jusqu'à six heures, quand ça marche. Jusqu'à deux heures, dans le cas contraire. Dans ce cas, je sors, je vais promener mon chien et j'essaie de m'y remettre.* – Ça me plaît. Vous ne pensez pas que la nuit clarifie tout ? – Évidemment. – Enfant, j'avais peur de l'obscurité, encore plus quand nous avons quitté la campagne pour la ville. J'avais si peur de notre misère, des quintes de toux de papa, de la violence avec laquelle la crise économique avait broyé notre petite existence paisible dans les champs de coton. Tous les soirs, dans la pénombre, je pleurais. « Comme un bébé qui a besoin d'une lumière dans le noir pour se sentir en sécurité... » – « J'ai besoin d'être aimée quand je me cache dans la boue, et que j'ai peur. » – Avouez que Mankiewicz... Enfin, ce qu'il fait dire à Maria Vargas...

Tu m'avais donc vue dans *La Comtesse aux pieds nus*. Vue, admirée, désirée ? J'avais été source d'émoi, de transfert ? J'avais hanté tes nuits ? Tes fantasmes ? Une fois dissipée cette once de fierté, cette nouvelle provoquait chez moi une panique abyssale. Nous étions quatorze ans après. Il me fallait au moins des litres de champagne pour estomper mon mal-être. Même si nous ne partions pas à égalité, car j'ignorais ton existence ce matin du 15 décembre 1967, je te sentais si forte. Un bloc de pierre faisait face à un tas de sable en Lanvin. J'enchaînai sans raison.

Et vous, vous aviez peur de quoi ? – J'étais une adolescente de bonne famille réfugiée dans les livres de Camus, Stendhal, Flaubert, Faulkner, Proust... Je n'avais peur de rien. Sauf de la solitude. Et ça n'a pas changé d'ailleurs. J'étais désinvolte, pourrie-gâtée et très peu photogénique. – C'est parce que vous n'avez jamais trouvé le bon photographe. – Ils ont pourtant été un certain nombre à se pencher sur mon cas. – Je vous en présenterai d'autres.

Il y a eu un long silence. J'observais ton visage silex, tes profils mal fichus, tes épaules en pente douce, ta frange épaisse et bombée. Rien ne correspondait aux canons de beauté, mais tu me plaisais. Sans raison, j'avais repris le fil d'une conversation incongrue.

J'ai décidé de ne plus avoir peur. Ou en tout cas de ne plus la subir. Je résiste, je passe entre les gouttes et je survis avec les moyens du bord. – Quels sont vos moyens du bord ? – Ingérer assez d'alcool pour me sentir en vie. – Je vous comprends. – Provoquer des incendies qui m'électrisent et sèment la désolation. – Pyromane ? – J'ai l'impression que ça me soigne. – Et si ça vous empoisonne ?

3:42 pm

J'avais commandé un clafoutis avec deux cuillères et ta question était restée suspendue.

On aurait pu dévier sur le menu, la météo, la nouvelle collection Jacques Fath, ma fossette au menton qui faisait la fierté de mon père, le cha-cha-cha et le mambo. Sans concertation, on avait décidé de nous précipiter dans un nouveau monde fabriqué à nos mesures. Toi l'écrivain, acclamée et complexée, moi la star obsessionnellement apeurée. On était pleins phares sur notre intimité. On piochait directement dans nos âmes. Il y avait de longs silences, des rires tonitruants et des phrases chocs. Vous savez ce qu'on a dit de moi, Françoise, « l'important est que tu sois devant la caméra, ton jeu importe peu ». C'est comme si on vous disait que seul votre nom sur la couverture importe. Votre style, votre intrigue, peu importe. Tu t'étais défendue par un « beaucoup le prétendent ». La différence est que votre nom ne changera pas. Il y aura des succès et des infortunes pour Françoise Sagan. Alors que moi, je me ressemble de moins en moins. Je m'éloigne d'Ava Gardner.

À cette époque, je le disais plus comme une provocation, pour conjurer mon sort. J'avais les clés sur la serrure, mais je n'étais pas prête à sortir et à me dérober. J'espérais au fond de moi être retenue. Par qui ? Toi ? Force est de constater que désormais la porte est grande ouverte, j'ai été aspirée par les courants d'air de l'anonymat. À force de chercher toute ma vie le grand amour et le bonheur parfait, je me suis épuisée à l'éviter ou à le maltraiter.

Eh, oh, je te cause, madame la grande écrivain Françoise Sagan, c'est important ce que je te demande, tu pourrais faire un effort, je ne suis pas une torture à regarder non plus. Allez, sois franche, tu l'avais déjà décelée cette tristesse infinie ? Même pendant que je dévorais une tartine de brie de Meaux et une baguette qui laissait de la farine sur mon menton ? Frank Sinatra s'en était allé aux bras de Mia Farrow. Ah ! J'ai toujours su que Frank se retrouverait au lit avec un garçon ! Elizabeth Taylor triomphait dans *Qui a peur de Virginia Woolf?*. Elle fumait autant que moi mais tournait plus, dans des projets spectaculaires. Pour *Mayerling*, je rentrais de plusieurs semaines studieuses et solitaires dans les paysages enneigés de Pontarlier.

J'avais décidé de quitter définitivement l'Espagne pour Londres. Je me remettais à peine des coups de mon partenaire de *La Bible*, George C. Scott, avec qui j'avais eu une aventure calamiteuse. Sous l'emprise de l'alcool, il devenait violent. Nous buvions tous les deux beaucoup, mais moi, l'alcool me rendait généralement heureuse et conciliante. George, quand il était ivre, pouvait devenir fou furieux sur un mode tout à fait terrifiant. Encore aujourd'hui, si je le vois à la télévision, je commence à trembler de tout mon corps et je dois éteindre le poste.

Finalement, je me suis battue avec tous mes hommes. C'était ma façon de vivre, ma façon d'aimer, je suppose. Et indéniablement, la violence ne me fait pas peur. Tu vois, je parle comme tu parles. Au fil des années, tes mots ont squatté les miens. *Pour qu'un homme et une femme s'aiment vraiment, il ne suffisait pas qu'ils se soient fait plaisir, qu'ils se soient fait rire, il fallait aussi qu'ils se soient fait souffrir.* C'est une de mes phrases préférées de toi. Je ne sais pas si elle me fait du bien ou du mal. C'est d'ailleurs un des grands drames de ma vie. Ne pas savoir si ce que j'aime me cajole ou me mutile. Il est trop tard pour que je change. Mon masochisme a gagné et qu'il aille au diable.

Françoise ! Rire devant toi, chialer quand tu avais le dos tourné. Tu t'en es douté, avoue ? Mais le constater était trop accablant. Je mettais à mal ta soif de liberté. Déjà mariée, déjà divorcée, déjà remariée, déjà mère, déjà infidèle, déjà bisexuelle. C'était l'équivalent d'une déclaration d'amour en mondovision.

3 :46 pm

Si je me mets à chanter, tu fredonnes à mes côtés ?

You say "Yes", I say "No".

Tu t'en souviens. C'était le tube de l'hiver 67. Ça passait à la radio en permanence. *Hello, Goodbye*, la BO de notre idylle, fallait-il y voir un signe ? Come on, Fran. On s'était juré de ne jamais être timides l'une pour l'autre et que si on était ridicules, c'était ensemble et solidaires.

Et si je cours dans ta direction ?

Et si je lance un appel au micro ?

On demande madame Françoise Sagan à l'accueil ?

Offre-moi tes yeux, même de loin, raconte-moi des trucs, même en bégayant.

Suis-je encore agréable à regarder ?

Ma bouche est sèche. J'ai l'impression que je suis sur un plateau, avec mon trac de débutante. Il me faudrait un jus de citron pour dissiper mon embarras. J'en profite pour rallumer une cigarette. Tu as remarqué, je tremble légèrement. J'ai beau vouloir me contrôler, je n'y parviens pas. Ma pauvre carcasse de reine des écrans s'est affaissée. Je fous le camp de toute part. Il me reste mon charme confondu dans ma lassitude.

Et si c'est toi qui parlais dans le micro ? Si toi aussi tu te demandais comment aborder cette nouvelle prise de contact ? Si tu faisais une folie dont tous les voyageurs se rappelleraient.

Dear Ava, come with me…

J'ai toujours aimé ta voix, Fran. Je trouvais qu'elle s'enlaçait bien avec la mienne. On était un solfège improbable. Mon rauque dans tes aigus. Mon débit de paroles dans ton mutisme. Tes complexes lovés contre mes complexes. Mes inspirations mélangées à tes expirations. Nos milliers de débris réunis achevaient un puzzle que je garde au plus profond de mes souvenirs. Et toi ? Tu parles de moi, tu penses à moi, tu rêves de moi, tu te touches en pensant à moi, tu regrettes, tu te réjouis ? On s'est déjà dit notre dernier mot, Fran ? C'est ça que je dois comprendre ?

Tu t'en souviens, de ce dernier regard échangé ?

C'était le jeudi 11 janvier en fin d'après-midi. J'étais assise au bar du Raphaël en attendant mon chauffeur pour l'aéroport. Je m'étais habillée en gala. Un smoking mauve, des yeux anthracite, j'avais même fait mon teint pour être irréprochable. Bien décidée à quitter Madrid et mon appartement au 11 de la calle du Doctor Arce pour des raisons fiscales, je partais à Londres pour prospecter. Frank m'avait laissé son pied-à-terre à Grosvenor Square le temps de mes recherches. Frank, mon Franky. Les deux personnes que j'ai le plus aimées au monde ont les mêmes initiales. Frank Sinatra le sait, et toi ? Non, toi, tu ne peux pas l'imaginer. Je ne te l'ai jamais dit ou montré de manière assez ostentatoire. Tu as pensé être un interlude, la passade d'une star désœuvrée. Un round entre deux gongs. J'ai pensé être pour toi une source d'inspiration pour un de tes personnages de roman. Nous étions un échange de bons procédés artistiques. J'aurais pu le croire, pour toi, tel a été le cas, sans doute, mais pour moi, plus le temps est passé, plus tu es restée... Une jolie tache. Une plaie sans soin. Une moisissure.

Pourquoi je te dis ça, aujourd'hui ? Moi entre le comptoir de British Airways et d'Iberia, toi entre celui d'Air France et de la TWA, nous entre toutes ces ombres chargées de bagages et agitées. C'est comme si te voir me permettait de le verbaliser. Enfin. Tu sais, j'ai passé ma vie à enfouir mes sentiments. C'était une question d'hygiène. Tu n'as pas échappé à ma règle. Un mois à tes côtés valait en intensité un bout de vie.

J'avais commandé au barman un long island. Il me l'avait servi accompagné de quelques noix de cajou. Je sirotais en fumant. Tu es arrivée d'un pas pressé, comme si tu t'apprêtais déjà à filer. En public, pas d'effusions, pas de gestes, c'était notre règle. Tu veux boire quoi ? Un bloody mary pas trop assaisonné, merci monsieur. Tu revenais de l'Olympia. Barbara répétait son spectacle *Musicorama* qu'elle devait donner fin janvier. Tu étais encore dans ses chansons et son émotion. J'étais presque jalouse d'une femme moins belle et moins célèbre. Barbara déplaçait peut-être des foules made in France, mais il ne se passait rien si elle atterrissait à Rome, La Havane ou Acapulco.

Tu aimais écrire pour les chanteurs. Tu étais partie dans un exposé sans même me demander comment j'allais ou me dire que j'étais belle. Mes contradictions. Je déteste qu'on me renvoie sans arrêt à mon physique mais je suis perdue quand on n'y fait même pas allusion par simple politesse. La veille, nous avions fait l'amour. La veille et l'avant-veille, et là tu t'enfuyais dans tes digressions de parolière. Tu pensais à ton art et plus à mon cul.

> « *Quand tu dors près de moi*
> *Tu murmures parfois le nom mal oublié*
> *De cette femme que tu aimais*
> *Et toute seule près de toi*
> *Je me souviens tout bas*
> *De ces choses que je crois*

Mais que toi mon chéri tu ne crois pas
Les gestes étourdissants étourdis de la nuit
Les mots émerveillés merveilleux de notre amour »

Dalida l'avait chantée en 1961. Là aussi, c'est comme si tes mots parlaient déjà de nous et préparaient une fin sans suite. Chaque chanson faisait écho à mon état amoureux, comme une sorte de parano musicale.

Tu avais bu cul sec ta vodka-tomate. Tu étais nerveuse, déjà ailleurs. Tes yeux étaient passés à autre chose. Ils savaient que je partais et que ce serait un enfer de s'attacher l'une à l'autre. Cette dernière fois, contrairement à la première, les banalités ont fait leur apparition.

Il fait froid. – Oui, mais moins qu'hier. – Je n'en sais rien, je ne suis quasiment pas sortie de la journée. – Tu as terminé tes valises ? – Forcément, puisque j'attends mon taxi. C'est beau le mauve, tu trouves pas ? – Oui, je devrais y songer davantage. Barman, un fizz 24 pas trop sucré, s'il vous plaît. – Ah, tu aimes le pamplemousse ? – Oui, j'imagine, on verra bien. – Tu fais quoi les prochains jours ? – Je vais travailler, j'ai des corrections à apporter à mon nouveau roman, j'hésite constamment entre la paresse et le sérieux. Demain, je dînerai avec Bob et François. – Tu leur adresseras mon bonjour. Ainsi qu'à Juliette Gréco.

Les souvenirs m'envahissaient. J'avais beau me dire qu'il fallait se contenter de l'écume des choses, j'avais plongé dans une mélancolie tequila-vodka-gin-rhum et un monologue pour t'aider à disparaître.

– À bien y réfléchir, Juliette aurait pu aussi être une porte d'entrée pour se rencontrer, non ? On aurait même gagné du temps. Quand je tournais à Paris, en 1956, *Le soleil se lève aussi*, elle t'avait parlé de moi, elle avait fait des commentaires ? Forcément une petite allusion ? C'était quelque chose, Gardner, en 56. Trois mille demandes de photos dédicacées par semaine, je dépassais tout le gotha hollywoodien. Sentimentalement, je sortais du tsunami Sinatra. Chi-Chi et moi étions des natures susceptibles, possessives et jalouses. Nous étions faits l'un pour l'autre et pourtant notre quotidien était une lutte perpétuelle contre nos démons. Cela faisait des mois et des années que nous traversions des crises, des bagarres et des étreintes réconciliatrices. Nous avions bravé toutes les résistances pour vivre notre amour au grand jour. Frank avait fini par divorcer de Barbara, nous avions pu nous marier, mais nos différences de statut et de salaire lui étaient insupportables. Pourtant, c'était bien Frank qui avait décroché l'Oscar dans un second rôle pour *From Here to Eternity* en 1954. Moi, je m'inclinais face à Audrey Hepburn dans *Roman*

Holiday malgré ma nomination pour *Mogambo*. Je me souviens de cette cérémonie comme d'une lente torture. Le RKO Pantages Theatre était somptueux, Frank était si beau en smoking noir pochette blanche, j'avais un fourreau bustier et une étole en vison beige, des bijoux Art déco, la carte postale avait de quoi faire mourir d'envie. Il avait posé un baiser sur ma main, s'était levé, avait souri à l'assemblée, Richard Burton, Marlon Brando, Burt Lancaster, Leslie Caron, Deborah Kerr, puis m'avait quittée pour la scène et pour toujours.

Je m'étais tu quelques minutes et j'attendais un commentaire de ta part, une relance. Même un signe de la tête aurait fait l'affaire. Mais non, tu étais en train de préparer ton évasion. C'était plus difficile de s'échapper de nous que d'Alcatraz et il te fallait toute ton énergie pour brûler les archives de ces dernières semaines.

– C'est si étrange quand j'y pense, j'avais tout fait pour Frank Sinatra, tout fait pour le remettre en selle alors qu'il chantait dans des salles clairsemées. Je me souviens encore de ses concerts au Copacabana de New York. Le public me réclamait et ça le rendait fou. Il balançait à l'assistance : « Prévenez-moi si je dérange. » Ça me faisait autant souffrir que lui. C'est pour ça que j'avais remué ciel et terre pour que Columbia Pictures accepte de considérer son cas pour le rôle de

Di Maggio, immigré italien squelettique et opprimé du New Jersey. J'avais décroché mon téléphone pour demander au patron de la CP, pour l'amour de Dieu, Harry, je vous ferai un film gratuitement si seulement vous lui faites faire un bout d'essai. Mon plan avait réussi, il remettait Chi-Chi dans la lumière et me poussait vers une pénombre privée de lui. Je suis émerveillée par ma capacité au sabotage. Frank adulé, Frank acclamé, Frank s'éloignait, du moins je l'imaginais. Nous étions inéluctablement condamnés à l'échec.

Nous avions transformé le bar du Raphaël en un fumoir brumeux. Les bûches cramoisies ne parvenaient même pas à me réchauffer. Je me sentais minuscule et fripée. Un radeau à la dérive.

Tu aurais pu vivre avec quelqu'un de plus connu que toi ? Tu aurais accepté la déflagration du succès d'un autre sur ton œuvre ? Tu aurais pu être la femme de Jean-Paul Sartre, Woody Allen ou Luciano Pavarotti ? Tu ne t'es jamais sentie illégitime, contrairement à moi. Tu n'as jamais pensé que tu avais volé la place de quelqu'un ou utilisé le talent d'un autre pour servir ta création ? Tu vois, moi, je ne suis jamais sortie avec des anonymes. Mes trois mariages, mes histoires d'un soir, je ne me suis bradée qu'à la notoriété. Je n'ai eu que du cul célèbre, de la baise paillettes. Même quand c'était caché. Même avec des femmes. Tu n'aurais jamais dit à la terre entière que tu étais en couple avec une femme, n'est-ce pas ? Nous étions à la fois libres mais terriblement conformistes. Des femmes aimantes mais prisonnières.

Où en étais-je ? Ah oui, cette dernière entrevue. Nos gestes étaient parfaitement coordonnés. Chivas, cigarette, cendrier, chivas, cigarette, cendrier. Je veux vivre jusqu'à cent cinquante ans, mais le jour où je mourrai, je veux que ce soit avec une cigarette dans une main et un verre de whisky dans l'autre. Et toi, Fran, tu veux mourir comment ? Je l'avais pensé mais je ne te l'avais pas demandé. J'avais préféré me réfugier dans mes évocations du passé. Ça me rassurait de te raconter ce qui était définitivement révolu, j'excellais dans le prétérit. Tu m'écoutais d'une oreille distraite, tes cils ventilaient ton regard étourdi et tu devais te dire qu'au moins j'avais l'élégance de ne te poser aucune question.

– Après Franky, pour ma santé mentale, j'ai donc choisi de fuir pour la banlieue de Madrid. J'avais acheté une maison à La Moraleja, une construction en brique, vaste, basse, style ranch. Ça t'aurait plu. J'étais installée sur un hectare d'herbe verte, avec de superbes saules pleureurs et une jolie vue sur les montagnes en arrière-plan. C'était confortable, pas esbroufe. Ça t'aurait plu. La maison s'appelait *La Burja* – la sorcière – parce qu'une semblable créature avec balai faisait office de girouette sur le toit. J'avais rempli *La Burja* de disques et de livres. Les seules nécessités qui semblaient me faire défaut – les barres Hershey, les Kleenex et le Jack Daniel's. Ça t'aurait plu ? Ne me dis pas non, c'était un mode de vie pour toi. Je sortais beaucoup, écumais les bars, jouais aux échecs et écoutais du flamenco pendant des heures. La maison du bonheur, la maison des illusions perdues, la maison de mon tabagisme et de mon alcoolisme. À voix basse, je me répétais qu'un jour prochain j'allais avoir une maison, un mari, un enfant... « Mon saint patron, priez pour moi. » Un toit, un époux, un bébé. « Mon bon ange gardien, priez pour moi. » J'étais bien la seule à le croire. Après, il y eut Dominguín... mon antidote à Franky. Tu crois à ça, toi ? À l'histoire de substitution, à la romance pour faire oublier. J'ai cru que ça fonctionnerait avec Luis-Miguel. C'était un ancien dieu des arènes de Las Ventas, de La Maestranza ou de Vista Alegre, il était beau, intelligent, libre, fou de moi, il fréquentait Cocteau, Clouzot, Picasso, il n'avait rien à prouver, c'était l'homme parfait et j'ai tout fait pour le dégoûter de moi. Je l'ai épuisé. Le coup de grâce fut notre voyage à Las Vegas. Je devais y passer six semaines pour régler les détails de mon divorce avec Franky. Un matin, alors qu'il se rasait, je l'ai planté sans prévenir pour passer quelques jours à La Havane. Sans raison, à part celle de ne pas savoir ce qui est bon pour moi. Il voulait m'épouser, fonder une famille... je savais que je n'étais pas faite pour ce genre de joies domestiques. Comme nous étions amis autant qu'amants, et comme je n'avais jamais été aussi jalouse avec lui qu'avec Frank, j'ai été sincèrement heureuse pour lui quand il m'a annoncé qu'il allait épouser l'actrice italienne Lucia Bose. Tu bois autre chose ? Barman, donnez-moi un Chivas. Madame Sagan risque de m'accompagner, la bouteille fera l'affaire. Et ce sera on the rocks pour toutes les deux. Quand mes glaçons auront fondu, je partirai.

Ne pars pas. Regarde-moi, mon amour. Tu fais chier, Sagan. Je te tends ma vieille main, ça te coûte quoi. Non ? Je te répugne. Triche quelques secondes, alors. Fais un effort d'imagination ou sois aveugle. Je suis Ava Lavinia Gardner. Je suis Perce-Neige. Je suis ton minou. Je suis ta femme. Je suis ta merveille. Je suis ton idéal. Je suis your honey. Rien ?

3:47 pm

Tu me donnes la migraine, Fran. Tout revient à la surface. Les pourritures et les jolies choses. Les tournages traquenards et ceux qui avaient la grâce. Les petits riens sur lesquels on flânait pendant des heures. Je t'avais raconté que Darryl F. Zanuck, le patron de la Fox, était raide dingue de Juliette Gréco. Il s'était même installé à Paris quelque temps pour être au plus près d'elle. Tu le savais, pas vrai ? Tu étais dans la confidence ?

Vous tournez les têtes, mesdames. Vous enclenchez des révolutions, vous faites changer de continent. Juliette est exquise dans *Le soleil se lève aussi*. Un mélange de gravité et d'acidité. Un peu ton style.

C'était un beau tournage, on avait ri et c'était un honneur d'incarner une héroïne d'Hemingway pour la troisième fois de ma carrière. Ce cher Ernest qu'on appelait tous « Papa »... Il a tant fait pour ma carrière. *Les Tueurs* en 1946, *Les Neiges du Kilimandjaro* en 1952. Garce perverse dans le premier, femme fatale désabusée dans le second… À chaque fois, avant lui, la presse oubliait mon physique au profit de mon jeu. « Une beauté aussi rayonnante, alliée à une sensibilité aussi précieuse, exige la capitulation en rase campagne. C'est peu d'assurer qu'elle vole le film, elle le survole ! Ava Gardner rayonne sur *Les Neiges du Kilimandjaro* comme l'édelweiss fleurit sur les sommets inviolés : plaisirs de choix, mais qu'il faut bien que l'on mérite. » J'avais 35 ans, le plus bel âge, le monde à mes pieds, des cyclones de projets. Tu as vu ce film ? Je ne sais plus. Tu te souviens de mon allure quand je débarque dans cette boîte de jazz au son de *You Do Something to Me*. Je twistais jusqu'à l'aube. Puis un peu de baise. Quelques somnifères. Mon irrésistible jeunesse en pare-feu.

Tu en étais où, toi, en 1956 ? Tu roulais dans une Jaguar, une Gordini 24S, une Aston Martin ? Tu passais ton été à Saint-Tropez, en Normandie ? Tu sortais déjà avec Guy Schoeller ? Tu avais déjà rencontré Marlon Brando, Tennessee Williams, Gary Cooper, Yul Brynner et Carson McCullers ? Tu écoutais *Crazy Man Crazy* de Bill Haley and His Comets ou *Sérénade grotesque* de Maurice Ravel ? Tu t'habillais en tailleur ou en garçon, en escarpins ou en espadrilles ? Tu étais bronzée, diaphane, sophistiquée ? Tu carbonisais paquet sur paquet, tu dévalisais les étagères de Corydrane et de Maxiton ? Tu jouais quel numéro à la roulette ? Pour ton petit déjeuner, c'était thé au lait, corn-flakes ou tartines ? Qui étalait le beurre salé sur ton pain puisque je n'existais pas ? Tu avais pensé quoi du mariage de Grace Kelly et du prince Rainier ? Tu voulais éprouver un grand amour et devenir un grand écrivain ? Tu attendais un futur ou un avenir ? Tu traînais dans les bars louches de Montmartre ? Tu avais des surnoms, des lubies, des ambitions, des yeux lingot d'or ? Tu avais peur de ne pas confirmer le succès de ton premier roman ? Tu aurais osé m'accoster ? Tu aurais été suffisamment inconsciente pour t'imposer à moi, taper à ma porte, arriver incognito dans ma chambre d'hôtel ? Et me faire rire, me faire boire, me faire jouir ?

3:49 pm

Pardonne-moi darling Fran, je me perds. Je suis une toupie de souvenirs. Comment j'ai pu gâcher notre dernier moment ensemble ? Pourquoi je ne t'ai pas juste fait comprendre que, sans toi, tout serait désormais insurmontable ? Je frimais, j'en rajoutais, je matais le serveur comme si j'espérais être prise sur le bar. J'avais dit en m'esclaffant, c'est dommage que personne ne croie plus en la simple luxure.

Je jouais si mal Ava Gardner. En fait, penser que cette parenthèse se refermait me faisait vaciller. D'ailleurs, je suis tombée très malade juste après toi. Tu l'as appris par les tabloïds. Ça m'a autant touchée que déplu de recevoir ton télégramme quand j'ai été hospitalisée au Chelsea Hospital for Women en janvier 1969, presque un an après nous. Une violente crise hépatique m'avait terrassée. Certains parlaient d'une tentative de suicide, non, j'étais juste devenue une solide ivrogne irascible et paranoïaque. Une éponge alcoolique. Ce télégramme était une caresse et une claque. Certes, tu te souvenais, tu avais des égards, mais il me paraissait distant, du bout des lèvres, presque contractuel, comme une politesse après utilisation. Un faire-part.

J'aurais espéré un télégramme fiévreux, charnel, goulu. Un télégramme qui m'aurait donné la gueule de bois et de l'espoir.

Tu es plus forte que moi en rupture. Tu sais tourner les pages. Tu sais mentir. Tu ne triches jamais, sauf en amour. En amour, mentir est ton hygiène de vie, n'est-ce pas ? La page blanche t'effraie, mais celle déjà noircie n'a que peu d'emprise sur ton moral. Tu aimes, puis tu romps. Je ne sais pas si tu es comme ça avec les autres personnes qui ont transpercé ton cœur. Non, tu n'as été ainsi qu'avec moi. Même après ton divorce avec Bob Westhoff, tu as continué à le fréquenter. Irrecevable, tu dis ? Vous aviez un fils ensemble. OK, autre histoire. Guy Schoeller ? Ton ex-mari ? Il est resté dans tes parages ? En présence rassurante d'un passé lointain, d'un paternel érudit et phallique. Tes amants ont toujours fait partie de ta cour. Il n'y a jamais eu aucune révocation. Tu ne couchais plus avec eux, mais tu continuais à dîner, veiller, gaspiller.

Parfois, dans ton sommeil, tu convoquais des hommes. Je t'observais, enroulée dans les draps. Ton sommeil ressemblait à une lutte, un foutoir. Tu gardais tes colliers et tes gourmettes pour pouvoir partir sans bruit, tu laissais une cigarette mentholée se consumer comme de l'encens dans le cendrier à côté de tes narines. Ton visage ne semblait jamais au repos, tes lèvres à peine entrouvertes baragouinaient, tout était inaudible sauf des prénoms. Massimo, Michel, Jean-Claude, d'autres. Eux avaient un abonnement à volonté. Les anciens amoureux et les amants furtifs devenaient tes amis pour la vie.

3:55 pm

Tu te souviens. Tu m'as presque tout de suite demandé pour moi et Guy Schoeller.

C'était le mardi 19 décembre 1967. Tu te souviens davantage du soleil éblouissant ou du vent violent ? Ma mémoire oscille. Ces derniers temps, les bourrasques poussiéreuses l'ont emportée. Pour notre troisième entrevue, nous déjeunions au Relais Plaza, un de tes repères, un des repères de Frank quand il descendait à Paris. Malgré la table dans un recoin et tes instructions au maître d'hôtel, tu avais été dérangée deux fois. Une femme corpulente et plutôt ingrate t'avait demandé comment tu allais en me fixant avec insistance, un moustachu filiforme avec des mains tordues voulait savoir ce que tu avais pensé du dernier William Styron. Tu ne disais ni oui, ni non, tu tentais d'interrompre le plus rapidement possible la discussion. Je t'observais avec tendresse. Malgré ton apparente fragilité, je te sentais solide et décisionnaire. Tu portais un jean cigarette et un cachemire bleu lavande, une tenue juste, bien en place. J'étais trop habillée pour la circonstance. Mon rôle d'une impératrice Élisabeth vieillissante avait considérablement influencé mon dress code. J'étais accoutrée en bourgeoise de province. En femme au foyer de Caroline du Nord perdue dans les rues de l'Upper East Side. – Tu vois l'homme qui est venu me parler. – Oui. – C'était un des associés de mon ex-mari chez Hachette. – Ah...

Je tartinais le petit pain de seigle en attendant nos huîtres. – Tu ne poses pas de questions parce que ça ne t'intéresse pas ? – J'ai pensé que tu voyais dans mes yeux que je trépignais d'en savoir plus. – Tu veux boire quoi ? – Tout, enfin, tout comme toi.

Je ne me sentais pas très à l'aise dans cette salle que j'avais fréquentée autrefois avec Franky. J'y revoyais Alfred Hitchcock me saluer, Christian Dior me proposer de passer à l'atelier, Jean Gabin à jamais sans Marlène Dietrich. Je sentais ma peau fatiguée et sans éclat. Le tournage de la veille m'avait éprouvée. J'avais encore trop bu et j'avais vu dans la gentillesse légendaire d'Omar Sharif un peu de dégoût.

Tu m'avais raconté toi et Guy. Ta tournée aux États-Unis, les fêtes à rallonge au Stork Club ou au Small's Paradise, ton accident de voiture qui avait déchiqueté ton corps, le bras de fer avec la mort, le Palfium 875, ton nouveau squatteur, la promesse de Guy sur ton lit d'hôpital, « si vous vous en sortez je vous épouse ». Tu me l'avais présenté comme un homme d'honneur, mais sa promesse était vouée à l'échec. Guy n'aimait que les femmes ravageuses, les grands crus, les chevaux de course et les Rolls Royce.

Ton ex-mari s'était vanté de m'avoir eue dans son lit. Comme son nom ne me disait rien, tu m'avais montré la photo de votre mariage à Neuilly en 1958. Bel homme, l'air satisfait, aristocratique. À ses côtés, malgré ton tailleur blanc immaculé, tu ressemblais à un moineau mazouté. On sentait le pari, le jeu de rôles. Ce n'était pas tant la différence d'âge de plus de vingt ans qui m'avait étonnée, mais ton regard brillant, comme une gamine en train de jubiler de faire une énorme bêtise. Tu jouais et y mettais toute ta conviction. Ce mariage, bien que sincère, semblait être divertissant, une occupation. Cet homme élégant, habillé en sur-mesure et voyageant en Concorde m'aurait fait l'amour ? Alors, tu m'avais avoué l'avoir pris en filature, un jour, jusqu'à Orly. Une femme en manteau de fourrure s'était jetée dans ses bras. Une femme éprise. Une femme fatale et démonstrative. Et cette femme, c'était moi. En tout cas, tu m'avais reconnue.

J'étais comme un trophée et j'ai même cru que tu voulais me conquérir par pure vengeance.

« Guy, puisque vous l'avez eue, moi aussi, je l'aurai. » Vous étiez à égalité dans l'adultère à quelques années d'écart.

Tu te souviens, je ne t'ai pas répondu.

Entre 1958 et 1960, j'étais entre Madrid, Rome et Melbourne. J'avais un million de dollars dans mon coffre et, pour la première fois de ma vie, je n'étais pas amoureuse ! C'était merveilleux, reposant et, chose nouvelle, j'arrivais à dormir sans aide illicite. Cette créature en astrakan et renard devait être sublime, mais ce n'était pas moi, chère Fran. J'ai préféré laisser planer le doute pendant notre relation. J'avais peur d'être instrumentalisée. Même si tu avais depuis épousé Bob, divorcé de Bob, je percevais chez toi un goût certain pour la rancune romanesque.

J'imaginais même que tu avais été capable de payer des figurants pour te permettre d'engager la conversation sur Guy. Le petit moustachu dans son costume étriqué était ta caution, une manière habile d'en venir au vif du sujet. Catherine Deneuve, ton alibi pour assurer la prise de contact. J'imaginais un stratagème diabolique et je voyais des complices partout. Donc, je ne t'avais pas répondu et nous avions continué à nous voir malgré le reliquat d'un passé houleux.

Parfois, je sortais un manteau de fourrure pour semer le doute dans ton esprit. Tu jetais dessus un regard de détective privé désabusé. Peu importe, finalement, Guy or not Guy, nous étions Fran and Ava.

Les huîtres étaient exquises et charnues. Tu en avais commandé une douzaine et j'avais rétamé le plateau. Tu t'étais contentée du chablis. Je t'avais parlé de mes origines modestes, mon enfance à la ferme, mon côté garçon manqué, ma timidité maladive, j'avais fait court sur ma première cigarette roulée à cinq ans sous le regard approbateur de mon père, papa, le seul fait d'être à ses côtés me rassurait, m'apaisait... Il adorait Roosevelt et le ketchup. Tu m'avais répondu : j'adore Johnnie Walker et la Savora. Tu mettais un point d'honneur à ne jamais parler politique, argent, religion avec tes amis. Je t'avais souri, je sentais le vinaigre et les échalotes. J'avais poursuivi, tu me donnais des ailes, j'avais la sensation que tu étais captivée, ta qualité d'écoute était inversement proportionnelle à ta quantité de paroles. J'avais enchaîné sur mes cours de secrétariat à la mort de mon père, sur ma mère, chien de garde, stricte et autoritaire, sur mon éducation dans la crainte de Dieu et l'idée désuète que le mariage et la maternité étaient des accomplissements honorables. Tu avais apprécié le récit de ma virée à New York chez ma sœur aînée, Bappie, et son mari photographe, les recommandations de ma mère qui pensait m'envoyer dans les flammes de l'enfer. Mon beau-frère avait organisé une séance photo avec Larry Tarr. Je n'avais jamais été prise en photo dans des conditions professionnelles, c'était impressionnant. Tu avais exigé de voir le cliché, celui grâce auquel tout avait commencé. J'en avais un petit exemplaire sur un photomaton dans mon portefeuille. Tu l'avais fixé avec une moue amusée. Un employé du service juridique de la MGM avait remarqué mon portrait en noir et blanc dans la vitrine du studio photo et s'était dit qu'il y avait quelque chose à faire avec moi, cette notion abstraite de « fort potentiel ». Quelques semaines après, je signais un contrat de six mois à 200 dollars mensuels. Je devenais une starlette parmi les centaines assignées à résidence.

– Tout ça pour dire que j'étais faite pour être une bonne petite dactylo. Je pouvais taper soixante mots à la minute sur la machine. – Dans ces conditions, tu aurais pu taper mes romans. – J'étais à un prix raisonnable, dix dollars la semaine.

4:02 pm

Je pourrais traverser le terminal de Heathrow et te narguer. Au fait, c'était bien moi, la vamp en falbalas à Orly dans les bras de ton Guy. Il me désirait alors qu'il t'avait mis la bague au doigt. J'ai été ta doublure désir, fillette.

Ça aurait un certain panache comme retrouvailles, non ? Un tantinet drama queen, mais je pourrais y trouver mon compte. Et nous sommes deux anticonformistes après tout.

Fran, tu m'as effacée de tes tablettes ? Tu as employé la manière forte. C'est parce que je suis une femme et que tes femmes aimées et désirées, tu les détruis dans l'acide.

Je sais, je suis une femme qui pousse aux ruptures radicales. J'aime les cris et les portes qui claquent mais entre nous il n'a jamais été question de ça. Nos cuites étaient poétiques, nos lignes triangle équilatéral, nos nuits américaines. Un matin où il neigeait des trombes, tu m'avais retrouvée dans ma suite. J'étais épuisée de la session de tournage, tu sentais la nuit blanche chargée. Assise en tailleur près du feu de cheminée, tu te réchauffais sans moi. Je m'étais levée pour te caresser le dos et faire le tour de tes grains de beauté. – Je t'écris quelque chose, tu dois deviner. – S-T-A-Y.

Tu avais étouffé un rire. – Ce n'est pas drôle. Ne me laisse jamais, Fran. – Mais si je reste c'est toi qui partiras.

Mon graffiti était ridicule. Je ne devais rien exiger. À la limite, un vin chaud pour garder de l'espoir.

Fran, ma Fran, j'ai la sensation d'être observée. Par tout le monde sauf par toi. On me dissèque, on m'autopsie. Il y a un service de presse avec six photographes résidant à Heathrow et je sens à tout moment l'objectif mal intentionné et demain ma gueule enfarinée à la une des tabloïds. Je n'aime pas les journalistes quand ils ne disent pas la vérité, et ils mentent trop souvent. La vérité fait déjà mal, mais le mensonge, c'est un mal injuste.

Il y a un mois, j'ai été prise dans Hyde Park, je promenais mon corgi. Je me suis reconnue grâce à mon chien. Ça me rend folle, violente, dévastée. Je suis devenue une grand-mère imbibée sans petits-enfants. Je ne parviens pas à prendre du recul, autrefois je prenais tout ça à la légère, aujourd'hui je coule lestée par des boulets en plomb. Entre deux grilles de mots croisés, je lis tout ce qui est écrit sur moi. Le pire, ce sont les photos, celles volées sont des uppercuts, celles organisées sont des infarctus. Je suis persuadée que les rédactions se donnent le mot pour publier les pires clichés. J'ai peur que Frank tombe dessus, j'ai peur que tu tombes dessus…

Je délire. Je me contredis. Je veux disparaître à tout jamais de tout papier glacé et retrouver tes bras dans une obscurité qui gommera ma nouvelle façade.

On écouterait *You Don't Know What Love Is* de Billie Holiday. On se retrouverait dans ma suite du Raphaël, je commanderais ce que tu aimes au room service, tu arriverais trempée, on aurait des fous rires, je danserais sur *Twist & Shout*, tu fumerais en souriant. On ferait semblant. Moi je suis actrice, je fais très bien semblant.

Tu as vu, j'ai ton médaillon autour du cou. Non, bien sûr, tu ne peux pas le voir, tu es trop loin et tu fais tellement en sorte de m'éviter. Ne t'inquiète pas, je ne vais pas m'approcher et je ne t'en veux pas. On se dirait quoi ? On mérite mieux que des formules et des bilans. Je me suis toujours demandé s'il était judicieux de revoir le film culte de sa jeunesse ou de réécouter la bande originale de ses Trente Glorieuses. Un baiser procurant autrefois des frissons, devenu fade et désincarné, une musique basculant vers le kitsch et le ringard. Je ne crois pas au rétroviseur des émotions. La marche arrière nous mènerait où ? Ne vaut-il pas mieux garder notre souvenir comme une fine cicatrice, une immunité indélébile, un bouquet final. Et ne jamais tenter de réanimer les morts.

Je me persuade, Fran, mais je rumine de ton indifférence. Elle me vexe, me flagelle. Je te sens si forte, comparée à moi. Tu as des livres pour exhumer les fantômes. Tu te sers de ta plume pour te soulager ou atténuer tes tourments. Tu peux indéfiniment inventer des histoires d'amour et des intrigues qui te maintiennent en vie. Tu crées ton frisson, ton adrénaline, ton ressac, tu as mille possibilités pour déverser tes frustrations et tes désirs.

Chaque année, tu recommences, tu repars de zéro, tu dois convaincre ton éditeur et tes lecteurs. Je ne dis pas que c'est facile, tu souffres forcément pour trouver l'histoire qui te maintiendra en vie, mais au moins c'est toi qui décides et il faut un talent fou pour savoir se faire du mal avec autant de grâce et de délicatesse.

Françoise n'attend pas le coup de fil de Sagan. Françoise et Sagan écrivent main dans la main. Tu ne dépends que de toi pour signer une trêve ou la reprise des hostilités. Moi, je suis devenue un quai de gare désert, un hall d'aéroport en grève, j'attends, je guette, j'espère, un appel au bout du tunnel, mais je n'ai nulle part où recycler mon chagrin et ma solitude. À part ce bon vieux Good Gordon's Gin.

Non, je ne me plains pas, Fran. Je déteste les jérémiades en plus. Elles font fuir les gens de bonne compagnie et attirent les personnes toxiques. Et je ne veux pas faire un bras de fer entre nos mérites. Je t'admire trop pour ça. Mais j'ai un désavantage, un handicap à vie. Ma célébrité m'a donné tout ce que je n'ai jamais voulu.

Bien sûr, je pourrais te raconter ma vie depuis nos adieux. Une dizaine de films mineurs. J'ai tourné peu et tu as beaucoup écrit. *Juge et hors-la-loi*, trois jours de tournage à Tucson, payée 50 000 dollars, de quoi me payer des vacances à Acapulco, *Earthquake* avec Charlton Heston, vieillissant mais viril, je joue une femme blindée et puante, mais je fais les cascades moi-même et je trouve satisfaisant de lancer la mode des films catastrophe par la destruction de Los Angeles, je fête mon demi-siècle dans la foulée, une nouba organisée par la MGM avec Fred Astaire, Gene Kelly, Cyd Charisse, il y a de l'arthrose, des dentiers, de la mélancolie, mais ils fument tous autant que moi et c'est réconfortant, après j'ai froid à en crever avec Dirk Bogarde dans *Permission to Kill*, Dirk me parle du deal entre la MGM et la presse pour que William Haines ne révèle pas son homosexualité et l'ultimatum « à toi de choisir : ta carrière ou tes amours », Haines a choisi le cœur et a claqué la porte des studios, admirable, non ? J'apprends par cœur toutes les étiquettes des bouteilles de vodka de Russie pendant *The Blue Bird*, Franky se marie avec Barbara, ma santé mentale prend le dessus sur ma célébrité, la pêche aux rôles et aux cachets, *The Cassandra Crossing*, *The Sentinel*... tournage à New York et l'occasion d'aller dîner chez Peter Luger's Steak House, notre restaurant préféré à Chi-Chi et à moi, côte de bœuf rôtie pour deux mais pour moi seule, *City on Fire* avec Henry Fonda et j'apparais au panneau trois dans la distribution...

J'ai globalement fui Hollywood, je me suis posée à Londres, mais ça, tu le sais, car je reçois tes enveloppes à Ennismore Gardens. J'ai passé la décennie 70 à dormir seule dans de grands lits froissés. Parfois, je demande à ma secrétaire de rester dans ma chambre. Je n'ai plus jamais aimé passionnément et les hommes qui me tiennent compagnie sont tous gays.

D'ailleurs, il est passé où, Charles ? On avait dit 3:00 pm devant les sorties du terminal 3 et je l'attends toujours. Tu connais Charles Gray ? Un homme charmant, raffiné. Il ne joue que des rôles de brute épaisse ou des tyrans mégalo. Blofeld dans *Les diamants sont éternels*, c'est lui. Il est devenu mon meilleur ami. Je me sens rassurée en compagnie d'un homosexuel, c'est plus reposant, j'attribue l'absence de désir à ses penchants plutôt qu'à mon apparence. On habite tous les deux Knightsbridge. J'aime bien aller dîner chez lui mais je préfère qu'il vienne chez moi. J'appréhende les sorties, les sofas des autres, les éclairages non tamisés, les ivresses à l'extérieur.

Après, il faut rentrer. Je retrouve mon appartement de tabagique, j'augmente le chauffage, je m'affale dans la bergère du salon, je tente d'éviter les boomerangs du passé et je me bats de toutes mes forces pour réussir à m'endormir devant la télé. Une icône ratatinée, la bouche entrouverte, avec les jambes surélevées et un plaid pour remplacer la chaleur humaine.

4:11 pm

Pour une fois, ce retard a du bon. Charles est venu me chercher car je n'aime pas prendre l'hélicoptère entre Heathrow et le centre de Londres. Même pour quelques minutes, je redoute le trajet solitaire. Dans mon train de vie, j'ai des résidus de jet-set. Le compte en banque ne suit pas forcément, mais Franky continue à vouloir me rendre la vie planante. C'est lui qui a payé mes deux bodyguards après les violences réitérées de George C. Scott à mon encontre. Il avait peur pour ma sécurité. J'ai un double des clés de toutes ses résidences secondaires. Et puis, j'avoue qu'on s'appelle très souvent. Au moins une demi-heure par semaine. Sous le prétexte fallacieux de refaire le monde, un monde qui petit à petit nous effacera des conversations, Franky s'inquiète pour ma santé. Il veut savoir ce que j'ai mangé, si c'était assez diversifié, et s'ingénie à vérifier si mon chauffage fonctionne. Il ne comprend pas que je m'entête à rester à Londres plutôt que de venir faner sous le soleil de Californie. Parfois, il me chantonne quelques notes. Mais nous ne parlons jamais du bon temps. Nous nous refusons à devenir deux vieux cons glorieux.

S'appeler, c'est sans risque. Je refuserais qu'il me revoie, après toutes ces années. Je l'ai même écrit noir sur blanc sur mon testament. Quand je mourrai, je ne veux être recueillie par personne. Pas de veillée de corps recouvert de roses, de lys blanc et de gardénias. Déjà que de mon vivant, c'est devenu désagréable. Contrairement à moi qui suis athée, Frank est très croyant et il pourrait avoir cette idée saugrenue. Alors c'est ça the most beautiful girl in the world, c'est elle dont j'ai été fool to want you, c'est ça la carcasse d'Ava Gardner pour laquelle je vais prier en espérant une vie après la mort ? Ce serait pathétique. Frank, le pur, le dur, le bad boy, l'exalté, le magnétique, le possessif, le volcanique, le généreux… Frank, mon gangster, mon absolu, mon caractériel, mon alcoolo, mon névrosé, mon sang, mon merveilleux amant. Lui aussi s'est empâté, déplumé, depuis qu'il a fait sa tournée d'adieu, il joue au golf à Palm Springs, vote républicain, mais il reste le plus bel homme de mon monde à jamais. Je préfère garder en mémoire son regard lagon, ses mains autour du micro, son sourire l'air de me chuchoter « tu manges mes bonbons, tu bois mon brandy, tu n'es pas Garbo, tu n'es pas Dietrich, tu n'as pas les cheveux platine, épouse-moi ».

J'ai bien tenté le 13 octobre 1974. Franky donnait un dernier concert au Madison Square Garden et c'était l'occasion rêvée pour des retrouvailles. J'ai décroché mon téléphone, il a répondu... – Je voulais seulement te souhaiter un merveilleux concert, Chi-Chi. – Ça va, toi ? Tu es où ? – Toujours loin et rarement au bon endroit.

Je n'ai pas osé lui demander une place, il aurait fallu apparaître dans sa loge et forcément... être visible. Je devais m'imposer une distance de sécurité, pour lui, pour nous. J'avais trouvé une place de deuxième catégorie grâce au concierge du Waldorf Astoria. Pour ne pas être reconnue, j'avais mis un bibi et une voilette. Tous venaient pour the Voice, pas pour moi. Cette coquetterie était naïve. Frank est rentré comme un boxeur acclamé et idolâtré. Il a commencé par *The Lady Is A Tramp*. La salle était en fusion et moi figée. Il était si beau, si charismatique, entouré de quarante musiciens et réfugié dans son vibrato éternel. J'avais l'impression que chaque parole, chaque sourire m'était destiné et qu'il me cherchait dans la salle. Il le sentait au fond que j'étais à ses côtés. Malgré les vingt mille spectateurs, le Madison Square Garden humait Gardner. C'est passé si vite, dix titres partis en fumée, quelques blagues du maestro, des gorgées de thé au miel dans un mug blanc pour réchauffer sa voix et il s'est lancé sur *My Way*. La foule s'est levée, transie. Frank tendait sa main vers la salle plongée dans l'obscurité. Son regard perdu dans le mien. Je repensais à toutes les fois où on avait fait l'amour. Les nuits à rire, à crier, à se faire trop de mal puis trop de bien. Ça sentait la fin de beaucoup de choses. J'ai pleuré. Je savais que je ne le reverrais plus.

Tu vois, Françoise, peut-être aurions-nous pu nous appeler toutes les deux et entretenir notre petite flamme, à bas bruit. Ton anglais se serait confié à mon français. Tu crois qu'il fallait prendre ce risque ? La passion aurait déteint vers des tirades de banalités. On aurait fini par ne plus avoir rien à nous raconter, les appels se seraient espacés, les silences auraient rallongé… Ou nous aurions gagné une rallonge, un rab de nous. Un mois, c'était à la fois la perfection mais si peu. Je t'aurais voulue plus.

4:19 pm

Je dois te dire la vérité, c'est le jour des aveux. J'ai essayé de t'appeler quelques fois. Surtout au début des années 70. Dans mes moments de détresse ou d'ébriété, souvent les deux allant de pair. J'avais préparé quelques phrases-types, « coucou surprise ou hello toi, tu as deux essais si tu te trompes je raccroche » et j'avais confiance en ta repartie de dramaturge pour enchaîner. Mais je ne suis jamais tombée sur toi. Un écrivain ne décroche pas, sans doute. J'entendais la voix d'une femme, toujours la même. Une secrétaire, une amie, une aimée ? Un jour, un homme m'a répondu. Je ne sais pas pourquoi, je me suis lancée. Mais tu avais déménagé et c'était le nouveau locataire. – A-t-elle laissé un téléphone, des coordonnées ? – Rien.

Tu avais décidé pour nous ou on avait décidé pour toi. Toujours est-il que les instructions faisaient le vide et je n'avais plus moyen de te joindre.

Ma vie est risible. Je n'ai jamais été capable de construire une seule chose qui en vaille la peine. Ces douze dernières années ont fusé mais n'ont pas dérogé à la règle. Tu connais l'essentiel, maintenant.

Et toi, ça a donné quoi ? Tu es millionnaire ? Mariée ? Tu as d'autres enfants ? Tu joues toujours au casino ? Tu vis encore avenue de Suffren ou tu as déménagé ? Tu te drogues, tu bois, tu fumes ? Plus du tout ? Encore ? Trop ? Ascétique, festive, delirium tremens ? Tu me dirais comme à l'époque : ce n'est pas parce que je suis une intellectuelle que je dois vivre comme un croûton. Je parie que tu as une nouvelle voiture ? Tu as gardé le manoir du Breuil ? Tu as toujours tes scottish terriers ? Ta bande d'amis est-elle inchangée ? Qui est mort, quels sont les nouveaux venus, les nouvelles ?

Je ne suis au courant de rien.

4:23 pm

Replonger dans mes souvenirs. Quitte à me noyer. Imaginer les tiens. Et être déçue. Mes cuites me rendent hypermnésique.

Ce 11 janvier, au bras de fer de l'ébriété, on faisait match nul. Le bar du Raphaël s'était vidé et tu avais commandé deux Rob Roy. Ton regard malicieux me désarçonnait. Ce n'était pas une boisson par hasard.

– Scotch, vermouth rouge, trait d'angostura, cerise à l'eau-de-vie. – Tu penses que ça va me plaire, Fran ? – La première fois que je suis venue dormir dans cet hôtel, c'était dans une chambre sans salle de bain, sous les combles. Le concierge d'origine italienne avait offert l'hospitalité à mon jeune amant napolitain.

Normalement, j'aurais dû rire. Il n'y avait aucune raison d'être jalouse ou possessive. On savait toutes les deux qu'on était bisexuelles et nos histoires de fesses et d'amour avaient été évoquées dans les moindres détails. Tu avais reconnu avoir ça aussi en commun avec moi. Ton état amoureux était distinct de ton incarnation sexuelle. Aimer les bras forts d'un homme, son sexe, la tendresse d'une femme, son sexe, le grand amour, les liaisons faciles, la liberté, le plaisir, l'infidélité. Et éviter de toutes tes forces le chagrin des ruptures et la solitude.

Je t'avais même raconté mon premier trouble pour une femme. La révélation avait eu lieu lors d'un déplacement à New York en 1940 pour voir la comédie musicale de Cole Porter, *Du Barry Was a Lady*. En entrant sur scène, Betty Grable m'avait coupé le souffle. Elle était tout : actrice la mieux payée de Hollywood, chanteuse, danseuse, pin-up, star dont les jambes avaient été assurées un million de dollars par la 20th Century Fox.

J'avais été incapable de détacher mon regard de cette splendide créature et j'avais commencé à réaliser avec embarras que je la trouvais attirante physiquement. Elle avait une façon très sexuelle de chanter son texte, avec cette petite bouche en avant qui faisait que chaque mot semblait un baiser au public.

J'aurais tout donné pour l'avoir dans mon lit. Et j'ai tout donné d'ailleurs. Des années après, entre mes mariages, les siens, mes divorces, les siens, Betty avait rejoint la longue liste de mes conquêtes en jarretelles. Je me souviens qu'elle m'avait initiée aux cigarettes Chesterfield dont elle était l'égérie. Cette pauvre Betty est partie si jeune d'un cancer des poumons. Je me souviens de son sourire clinquant, de ses cheveux peroxydés. Et de sa prédiction : « Tu vas exploser, Ava Gardner. Ce sera aussi beau que dangereux. »

Je me disperse. Tous ces chemins de traverse sont affreux. Il me faudrait une boussole pour ne pas perdre le fil. Penses-tu que c'est le début de la vieillesse ou mon extrême fébrilité ? Où en étais-je ? Oui, j'y suis, ton amant italien. Tu me claquais à la gueule tes coucheries avec la gent masculine pour bien me remettre à ma place. Comme par hasard, tu choisissais notre dernier face-à-face pour l'évoquer. Nous avions passé des dizaines d'heures dans cet hôtel et dans ma suite, nous avions devisé sur la terre entière, et toi, tu avais décrété que *ce* moment devait être un florilège de tes parties de jambes en l'air.

Donc non, je n'en voulais pas à ce jeune Italien dans la force de l'âge d'avoir été un amant exquis et inoubliable. Ce qui m'exaspérait, c'était plus ta manière de relativiser l'amour. Une histoire en chasse une autre. La ronde égalitaire des sentiments. Le Raphaël évoquait autant ton rital juvénile que ton actrice crépusculaire. Et qui sait, dans quelques années, la liste du Raphaël s'allongerait. Insupportable perspective. Je voulais un statut à part. Je voulais tes tambours et une poursuite. Il y a eu Ava dans mon cœur et ma vie, puis les autres : une multitude de playboys et de starlettes, une foule de seins, un attroupement de culs, peu importe.

Cet hiver 67, il y a eu Ava Gardner et, encore aujourd'hui, dans mon musée, elle a une salle à part. Une pièce secrète et majestueuse. Un hymne. J'entends sa voix m'envelopper, son regard me crucifier : « Le clair de lune est destiné aux amants. Les brises ne sont que soupirs. Soupirs pour les malheureux amants. Les amants sont destinés à pleurer. L'amour comme un jour d'hiver. Fait frissonner quand meurent les braises. Attention, mon cœur, souviens-toi. Les amants sont destinés à pleurer. »

4:25 pm

Ce 11 janvier si douloureux. Notre tombée de la nuit.

Le bar s'était vidé. Seul le barman faisait des droites gauches derrière son comptoir. Une peau de chamois, un torchon, un plateau, des ramequins, des flûtes, des pourboires, il avait une activité débordante.

Tu mordillais tes lèvres et me donnais l'impression d'avoir un chronomètre dans la tête. Ou une grenade dégoupillée et tu te devais d'abréger ce moment. J'avais beau me remémorer tes paroles pour apaiser mes angoisses liées à mon horloge biologique. – Tu sais, Ava, *mon passe-temps favori, c'est laisser passer le temps, avoir du temps, prendre son temps, perdre son temps, vivre à contretemps.* Ne te bile pas, on a tout notre temps.

Balivernes. Du temps, on n'en avait plus. Te voir ainsi me rendait malade. Tu étais à l'opposé de tes préceptes et de ce à quoi tu m'avais habituée pendant ces semaines. Tu ne tenais pas en place. Le velours du fauteuil te brûlait, les accoudoirs étaient recouverts de clous, tu évitais mes regards attendris comme des lance-flammes. Mon sourire était pire qu'un harpon.

Pour ma prochaine question, j'avais longtemps hésité. Tu le revois ? Il t'a fait jouir mieux que moi ? Pas le genre à convoquer pour des adieux, pas vrai ? Tu bois souvent des Rob Roy ? Tu as déjà une idée de titre pour ton septième roman ? Est-ce qu'un jour tu me dédieras un de tes livres ? Tu crois que je devrais me faire un lifting ? Le barman a une haleine de chacal, tu ne trouves pas ? Rien de prévu pour cet été, Fran ?

– Tu penses quoi de la mort ?

Hésiter si longtemps pour poser une question aussi idiote. Et si peu festive. Heureusement, ta réponse m'avait sauvée. Toi d'habitude si feutrée et concise, tu avais été inspirée.

Ça me dégoûte l'idée que je vais mourir un jour, que les gens que j'aime vont mourir un jour. Je trouve ça infect, sincèrement, je ne trouve pas ça bien. Ce n'est pas convenable. On vous donne plein de cadeaux qui sont la vie, les arbres, le soleil, les printemps, les automnes, les autres, les enfants, les chiens, les chats, tout ce que vous voulez… et après on vous dit… on sait qu'un jour on va vous enlever tout ça… c'est pas gentil, c'est pas bien, c'est pas honnête.

Tu ne me répondais pas vraiment. Tu te parlais à toi-même. Tu étais dans ton œuvre, loin de moi. Mais tu avais raison. C'est pas gentil, c'est pas bien, c'est pas honnête. J'aurais pu dire pareil de nos adieux éthyliques et de notre pacte absurde et douloureux – ne plus se donner signe de vie quelle que soit la vie. On buvait par lâcheté, pour fuir nos responsabilités et encaisser notre cavale chacune aux antipodes.

Pourtant, j'avais préparé ma tirade.

Fran, je veux retourner au casino avec toi, je jouerai tous mes cachets compulsivement sur le 15. Noir, impair, le jour de notre rencontre, tu verras, ce sera mieux qu'une patte de lapin, un fer à cheval ou un trèfle à quatre feuilles. Fran, je deviendrai superstitieuse et je verrai des signes partout tant qu'ils me précipitent dans tes bras. Je t'aiderai pour tes livres, je continuerai à faire l'actrice pour qu'on ait une belle vie, je te laisserai libre de te taper qui tu veux comme tu veux, mais laisse-moi être à toi. Fran, on continuera à sortir chez Castel, au New Jimmy's ou au Prélude, Fran on cessera toute vie de noctambule si tu le souhaites, je trouverai les meilleurs médecins pour soulager tes douleurs, je serai ton dealer, on fera des voyages à couper le souffle, des grasses matinées de caresses, tu prendras du soleil et je resterai à l'ombre, on aura des chiens et on écoutera du Schubert, je te cuisinerai du poulet frit et du chili con carne, on déménagera si tu es à l'étroit, je te présenterai ma sœur, tu me présenteras ta famille, j'ai déjà contacté Ferrari, ils t'attendent à Maranello, tu pourras même faire des essais sur leur circuit de Fiorano, Fran, je serai à l'écoute de tes rêves, j'accompagnerai tes folies, tes délires, j'épongerai tes larmes, je respecterai ta solitude, mais garde-moi tout près de toi jusqu'à la mort et même au-delà. Je pense que je suis en danger si on ne s'occupe pas l'une de l'autre. Fran, sweetie, embrasse-moi. Un suçon de quelques jours. Osons l'impossible ensemble. Montrons-nous ou cachons-nous. Décide tout, je dirai amen.

J'avais préparé ma tirade touchante et merdique mais je n'ai rien dit.

Je savais qu'il était trop tard. Comme si tu avais déjà prévu le jour de nos adieux avant de me rencontrer, la fameuse dernière phrase de la dernière page. Peut-être je suis le genre de femme qu'on aime démesurément. Et quand le « trop » prend le dessus sur le « très », il convient de me bazarder.

Tu m'avais parlé de ta vision de la mort sans daigner me lancer un regard. Tu avais demandé un paquet d'allumettes pour t'en griller une dernière, celle de la condamnée. J'étais clouée sur le dossier en velours grenat en quête d'une réaction, d'un happening. C'était mon baroud d'honneur. Ma vieille Ava, trouve un truc, quelque chose qu'on ne voit que dans les films ou les romans. Le vide m'avait engloutie. Comment retenir la femme de sa vie ?

Mon sourire, mon magnétisme MGM, allez, creuse-toi les neurones, espèce de pocharde. J'avais balancé mon cou vers l'arrière, réajusté ma crinière bouclée et ri de toutes mes entrailles. J'aurais dû te faire fondre. Ils avaient tous succombé à ce rire de légende. Howard Hugues possédait des enregistrements de mes rires, certains écoutent bien des opéras ou des symphonies. Je pouvais faire fondre le cœur le plus polaire, j'étais capable de rendre infidèle n'importe quel homme amoureux d'une autre et toi tu t'es levée, tu as enfilé ton Burberry, et tu as tourné tes talons.

– Fran ?

4:29 pm

Fran ! Eh, oh ! Françoise Sagan ! Je suis en train de te faire coucou, espèce de merdeuse. Tu n'as pas le droit de te comporter aussi mal. Tu cherches le scandale ? Tu es devenue sadique ? Une tortionnaire avec un twin-set et un petit sourire en coin, c'est ça ? Pardon, pardon, je m'emporte. Mon cher et doux et tendre chagrin. Tu précipites ma rechute, mon hypertension, mon emphysème, mes convulsions. Tu es belle et moi plus. Tu es jeune et moi plus. Tu as un fils et moi pas. Tu as des agendas pour 1981, 1982, 1983... Mes mains s'agitent. Dans un aéroport bondé, personne ne prête attention à ma chorégraphie. Sagan ! Lâcheuse ! Mes yeux t'engloutissent. Françoise ? Un eye contact d'une demi-seconde ? Je ne sais pas si tu m'as vue. Si je te faisais peur, tu aurais bougé de place, si tu avais honte, tu te serais rendue invisible.

Peut-être que tu préfères garder nos premières fois. Ça a quelque chose de joyeux, de vivant. Tu as raison. Je te fais un quiz alors et on voit si tu réponds du tac au tac. Première main touchée ? Premier baiser court ? Premier baiser long ? Première nuit côte à côte ? Première dispute ? Premières larmes ? Premier reproche ? Première crise de jalousie ? Premier fou rire ? Première nappe tirée ? Tu as vu, c'est facile, je ne te demande pas les jours ni les dates.

Allez, revenons au moins à notre premier jour, ce 15 décembre, ce déjeuner à rallonge. – Vous êtes mariée ? Vous avez des enfants ? – J'ai un fils de cinq ans et demi, Denis. Je ne suis plus mariée, mais Bob et moi sommes restés très proches. Bob est américain, comme vous. Un homme magnifique. Grand, athlétique, des yeux verts. Sculpteur, mannequin et complètement fauché. – Ce serait bien qu'on se revoie si vous avez un peu de temps un de ces quatre. – Ce soir ?

Ton empressement était flatteur.

Nos regards se percutaient à travers nos verres vides. Le patron faisait des allées-venues pour faire comprendre qu'on avait largement dépassé l'heure de fermeture. Pour autant, il ne lui était pas aisé de virer Françoise Sagan et Ava Gardner avec sa sieste comme prétexte.

Nous étions si seules au monde. – Vous savez Françoise, je n'aime pas être quittée, alors je fais en sorte de quitter avant. – C'est un avertissement ? – Ce soir, oui, pourquoi pas ? Je devais rentrer seule à mon hôtel et ne rien faire, mais je peux remettre ça à demain. Un warning ? Non ! Plus une menace…

J'oubliais à cet instant tous les préceptes de ma mère. Ne jamais accepter un rendez-vous galant la première semaine.

4:33 pm

Mais où est ce bon vieux Charles ? À croire qu'il t'a repérée. Je lui ai tellement parlé de toi. C'est sûr, il a dû se dire que ce voyeurisme allait m'apporter un peu d'apaisement. Mieux qu'un gin-verveine.

J'ai soif. Mais une soif méchante. Je ne suis pas déshydratée, plus oppressée. Et dans ce cas, l'eau ne fait aucun miracle. Et on pense pareil, Françoise. Tu as beau te la jouer étrangère, balayer d'un revers de manche nos similitudes, on est les mêmes, on se détruit si on en a envie.

Allez, je t'écoute, check-up Alzheimer.

Première main touchée ?

C'était dès le premier soir. Je t'avais rejointe chez Régine, rue du Four. Tu m'avais prévenue de la présence de quelques camarades, « on a l'habitude de s'y retrouver les vendredis ». Le club était bondé, j'arrivais très tard, hésitant entre mon statut de star hollywoodienne inaccessible ou de touriste américaine jet-laguée. J'avais opté pour une robe noire trop moulante et trop décolletée et un collier de perles plus old school. Dans le miroir plain-pied de ma suite, je m'étais dit que le parti pris dévergondée-bourgeoise était plus intrigant qu'un total look bon chic bon genre.

Je m'étais frayé un chemin sur la piste de danse, les corps moites se déhanchaient sur *Respect* d'Aretha Franklin, je te cherchais comme en quête d'un trésor. Ta table était au fond à gauche. Tu portais une chemise léopard oversized et une superposition de sautoirs et de breloques. La nuit t'allait incontestablement mieux que le jour. Ton teint blafard ressemblait à une porcelaine de grand prix. Je te sentais plus à l'aise, plus libre. Tu riais, tu buvais, tu fumais, tu matais, les gens te saluaient ou t'embrassaient suivant l'accès à ta table. J'étais touchée que tu m'aies gardé le fauteuil à côté de toi. Les *Good Vibrations* des Beach Boys avaient lancé un tour de présentation. – Ava, je vous présente, de gauche à droite, Bernard Frank, écrivain, journaliste, mon meilleur ami, mais il ne faut pas le lui dire, Charlotte Aillaud, ma délicieuse camarade de nouba, Bob, le papa de mon fils, et François Gibault, l'amoureux du papa de mon fils, Jacques Chazot, l'homme le plus drôle de Paris, et Massimo Gargia, l'aventurier de ma clique, un brin sulfureux mais fort sympathique. Ici, c'est un peu l'annexe de mon living-room. Je pourrais vous dire en deux-trois phrases qui fait quoi, mais je suis certaine que vous aurez l'occasion de les recroiser et d'approfondir. Bien que certains n'en vaillent pas spécialement la peine…

Les rires avaient recouvert les riffs psychédéliques du dance floor. *Somebody to Love* de Jefferson Airplane ne passait que pour moi. C'était un appel code phare, mon cœur était à prendre.

Tous m'avaient fait un signe de tête ou un baisemain. Bernard Frank, avec plus d'empressement que les autres, avait tenu à marquer son territoire.

– Vous savez, Françoise et moi, c'est une amitié bizarre, plus faite de longs blancs, de brouilles et de méfiances silencieuses que d'embrassades, comme si nous remettions à une autre vie, à une vie meilleure, le soin de nous rencontrer plus souvent et de nous complimenter.

Jacques s'était esclaffé et avait ponctué sa prise de parole par une série de dégagés.

– Tout ça pour dire que Françoise est la femme de ta vie. Tu ne changeras jamais, mon Bernard. Toi, toi, toi et parfois ton nombril… En attendant, tu ne m'arriveras jamais à la cheville, chaton. Je suis plus homosexuel que toi, plus snob, plus provocant, plus extraverti et surtout je suis le parrain de Denis. Françoise est *aussi* la femme de ma vie.

Charlotte était captivante. Un look bohème, un chic sans apprêt. Elle était affalée sur la banquette avec une classe absolue.

– Les garçons, vous êtes puérils et immatures, c'est désespérant. On devrait moins se fréquenter.

Bob et François roucoulaient. Massimo s'épongeait le front avec les manches de sa chemise. Je ne crois pas qu'ils me parlaient ni même m'observaient du coin de l'œil. J'étais l'invitée de dernière minute et cette minute ne changeait rien à leur vie et à leur relation avec toi. Ton système solaire gouvernait leur trajectoire. Tu étais en orbite et planais au-dessus de ma gloire.

Tu les avais sans doute prévenus ou peut-être même pas. Que convenait-il de dire à mon sujet ? Tu t'étais contentée d'indices, j'avais fait l'objet d'une devinette, d'un rébus, d'un pari ? Je suis certaine que tu avais préféré l'effet de surprise. Tu savais que prévenir impliquait des fuites et des paparazzi. Et tu étais d'une rare délicatesse.

Assise, les jambes croisées, les pieds glacés et les mains brûlantes, je m'étais contentée de sourire outrageusement à l'assemblée. Tu t'étais empressée de demander à Bernard de me servir.

Au moment de lever ma coupe et de la tendre vers la tienne, ma maladresse s'était empoignée à la tienne.

– Trinquons à cette soirée et aux prochaines.

Tes doigts frôlaient les miens et j'avais le sentiment que tu t'y attardais. J'avais connu tous les honneurs, tous les hommes, tous les pays, mes empreintes étaient à jamais déposées devant le Grauman's Chinese Theatre, mais ce rencard mi-galant mi-festif empourprait mon visage.

Let's Spend The Night Together des Stones rythmaient nos gorgées et nos bouffées de nicotine.

Tu me regardais plonger. C'était un crash irrécupérable.

Tes amis devenaient des ombres chinoises.

– C'est gai, ce vernis rouge coquelicot, Ava. – Merci. Vous êtes du genre à danser ou à rester immobile ? – Je n'ai pas vraiment de genre.

Tu m'allumais tranquillement. J'espérais une fascination réciproque. – Moi non plus, je n'ai pas vraiment de genre, Françoise. – Espérons que ce soit une bonne nouvelle. – Grâce à vous, j'oublie la semaine effroyable qui vient de passer. Chaque « moteur demandé et action » est une torture de la pire espèce. Où est Ava ? Que fait Ava ? Quelqu'un a-t-il vu mademoiselle Gardner ? Je me sens poursuivie. Pourtant tout le monde est à mes petits soins. – *Il m'arrive de penser que la vie est une horrible plaisanterie. Si l'on est tant soit peu sensible, on est écorché partout et tout le temps.* – Vous parlez bien. – Ce sont des phrases que j'apprends par cœur. Comme je suis une grande timide. – Vous savez que je n'aime pas faire des films. Je n'aime pas être une star de cinéma. Je n'ai pour cela ni la sensibilité nécessaire, ni, surtout, l'exhibitionnisme requis. Je suis beaucoup trop timide.

Taf, gorgée, gorgée, gorgée, taf.

– J'ai envie de danser. Vous ne m'accompagniez pas, n'est-ce pas ? – Si, bien sûr, mais ne m'en voulez pas si je reste là. Ne partez pas trop longtemps.

Je fendais la foule en sueur. L'alcool aurait pu me faire tituber mais je devais faire bella figura. Je devais redevenir la *Comtesse aux pieds nus* pour quelques minutes, « la femme avec qui l'on aimerait rester coincé en haut de l'Empire State Building ». Je convoquais les souvenirs de ma folle jeunesse, la tentation des corps, mon sex-appeal déclencheur de chair de poule et de queues turgescentes. Tu vas voir ce que tu vas voir, Françoise Sagan. Mon air en perdition va s'envoler et tu vas regretter ou remercier ta curiosité pour le restant de tes jours.

4:38 pm

À partir de ce vendredi inaugural, tu avais pris l'habitude de me laisser des messages. Le groom du Raphaël glissait une enveloppe dans l'interstice et j'avançais avec empressement en direction de la porte. Parfois, il y avait quelques mots, souvent un paragraphe. Toujours accompagnés de tes initiales inversées. SF, Science-Fiction. Tu étais mieux qu'un rêve.

La nuit, j'ai l'impression d'avoir du temps, et que les autres en ont aussi. Les gens que l'on rencontre la nuit n'ont pas de rendez-vous dans dix minutes, ils sont libres. Et puis, ils ont envie de parler, de s'expliquer, de vous mentir ou de vous dire la vérité.
Jeudi soir chez moi ?

J'étais bien incapable de te dire non. Encore plus de te mentir. Et toi ?

Le taxi me déposa au 135 avenue de Suffren. Je vérifiai mon allure dans le hall. Tailleur gris clair Balmain, escarpins pointus, diamants en rivière.

J'avais raté mon ras de cils et réussi mon rouge à lèvres fuchsia. Pour ce qui est de la coiffure, la laque camouflait la misère. Nous ne nous étions pas vues depuis notre déjeuner au Plaza.

Massimo était venu m'ouvrir.

– Ciao Ava. Comment allez-vous depuis vendredi ? Vous êtes là pour moi. Certo no, domanda inutile. Je fais les questions et les réponses, c'est pratique. Ça me permet de faire des progrès en français.

Dans l'entrée, débarrassée de ma cape, de mon étole et de mes gants, jetant un regard sur un salon cossu, je retrouvai la plupart des visages de notre première sortie.

– Françoise arrivera plus tard. Je vous sers quoi ?
– Bellini.

Après un bonsoir global et chaleureux des convives, chacun était reparti dans sa conversation et son cocktail. Je trouvais plaisant cette absence d'égard. Depuis des décennies, je déclenchais des silences religieux et des traitements de faveur. Ici, chez toi, rien.

Massimo était beau et son manque de raffinement très excitant. Pour un quatre-heures, il devait être idéal. Il s'était assis à côté de moi, comme pour tenir compagnie à une vieille tante.

J'entamais ma deuxième cigarette avec le mégot de la première. En recrachant la fumée, je fixais les uns et les autres. Tu étais leur colonne, leur pouls, leur horizon. Je débarquais dans la carte postale en intruse. Ça te plaisait comme casting. Ma présence incongrue correspondait à ta soif de liberté.

– Vous faites quoi à Paris ?

Massimo était adorable, mais encore un peu immature pour aimer le silence.

– Je tourne *Mayerling*, un film de Terence Young.

– Vous êtes la plus grande star que j'ai jamais rencontrée. Vraiment... Il y a Françoise, bien sûr, et maintenant vous. Célèbre dans le monde entier.

– Je ne crois pas être une bonne actrice, j'irais même plus loin : je ne suis pas du tout actrice. Toute ma vie d'adulte, je l'ai passée dans les studios à exercer un métier que j'exècre.

J'avais coupé la chique à Massimo qui s'était gentiment porté volontaire pour me faire patienter. Bernard Frank mettait le vinyle de *La Traviata*, on sonnait, les chiens aboyaient, la gouvernante réceptionnait un petit paquet qu'elle posait sur la console et toujours pas le moindre souffle de ta part.

– Pourtant, vue de l'extérieur, votre carrière fait rêver.
– Je sais que c'est ingrat pour moi de me plaindre, mais je n'ai jamais tiré du cinéma que des avantages financiers.
– J'adore l'argent, ça tombe bien.

J'avais ri dans mes volutes de Peter Stuyvesant. Mais je ne m'attardai pas sur mes besoins de fric. Et mon rapport exclusivement vénal au septième art.

– Vous croyez que j'aurais pu être un bon acteur ?
– Le cinéma rend les hommes faibles et les femmes plus énergiques.
– Je suis très solide, je peux me permettre de perdre un peu de force.
– J'ai tout fait à mes débuts, Massimo, l'ouvreuse, la serveuse de drive-in, une caissière de night-club, réceptionniste, des photos de maillots de bain, une silhouette assise dans la foule ou traversant le hall d'un hôtel…
– Vous deviez crever l'écran.
– Allez, soyez mignon, remplissez mon verre, je me sens très seule…

Tu venais d'apparaître dans ton salon. Pull en V anthracite et des ballerines Chanel, tout en décontraction raffinée. Toi et ta cigarette me souriaient de biais. Je ne me levai pas pour venir te retrouver, tu ne te dirigeais pas en ma direction. Nous étions juste ensemble et nous entamions notre pacte de décembre 67.

Après Verdi, tu avais exigé *Let's Twist Again*.

Jacques Chazot était parti dans une pirouette interminable sans tutu. Tous l'applaudissaient. De nouveaux invités débarquaient les bras chargés de fleurs et de bouteilles. Tu avais envie de légèreté et de gaîté. Je me sentais jeune, incrédule, splendide.

La gouvernante était venue me glisser un mot dans le creux de la main.

« Ce soir, restez »…

Ce fut notre première nuit. Notre premier baiser aussi. Fugace et timide. Puis, très vite, on a compris que les suivants pouvaient être interminables.

4:44 pm

C'est le moment de jouer cartes sur table. Je t'ai un peu menti, Fran. Je feins celle qui ignore tout, mais je n'ai eu de cesse de te suivre à la trace. J'ai chargé la sœur de ma secrétaire, une étudiante en journalisme, d'acheter chaque semaine la presse française et de trier les articles évoquant ton nom. Il y a de l'essentiel et du frivole. Une dépression en 1973, une opération du pancréas en 1975, ta présidence au Festival de Cannes en 1979, la Palme d'or attribuée ex aequo à *Apocalypse Now* et au *Tambour*, ton favori entre les deux, ton cheval Hasty Flag remportant le Grand Prix d'Auteuil, il y avait même un article sur tes déjeuners fréquents avec Jean-Paul Sartre à la Closerie des Lilas, il paraît que tu lui coupes sa viande.

Il y a des rumeurs aussi, des sous-entendus sur de nouvelles créatures dans ton cercle très prisé. J'ai gardé un maximum de clichés pris sur les plateaux télé ou dans des salons littéraires. Tu as changé de style. Il me semble plus affirmé.

Il y a du jabot et du plastron. Tu es de plus en plus belle. Ton fils doit être si fier de sa maman.

À ce propos, comment va-t-il ? Je l'ai connu enfant, il doit avoir pas loin de vingt ans ? Il te ressemble ? Ou plus à Bob ? Je ne te l'ai peut-être jamais dit, mais je trouvais Bob très séduisant. Tout le monde trouvait Bob séduisant à vrai dire. Il aurait pu être mon style d'homme pour quelques nuits s'il aimait les femmes au point de se risquer dans mes bras. Faut-il être mal en point pour se considérer comme une sorte de péril ? Un danger qui rôde. Je ne sais pas si j'ai su rendre quelqu'un heureux. Si je suis le genre à surgir dans la mémoire des uns et des autres au moment des bilans sur un rocking-chair ou un lit de mort.

Allez, raconte-moi Denis. Il est drôle, il te fait des blagues ? Il est plus Kool and the Gang ou The Police ? Il fait du sport, des études brillantes ? Il a déjà une amoureuse ? Il est gay, bi ? Vous êtes complices ? Il est frime, fric ? Plus spirituel ? Tu lui as transmis ton goût pour la littérature ou le sens de l'amitié ? C'est donc ça qui m'a le plus frappée chez toi. Ta virtuosité pour les livres et les amis. Ton érudition festive. Mais tu n'étais pas comme Artie Shaw, mon second mari. Tu n'enfonçais pas mon ignorance. Tu ne connaissais pas le mépris.

Je me souviens que j'avais eu si peur de me lancer dans une conversation avec toi. Tu connaissais tout et moi si peu.

Artie me répétait sans cesse « Je t'écoute, nous t'écoutons ! Quelque chose d'intéressant ou de pertinent à rajouter ? Allez, courage ! » Dès que je l'ouvrais, il m'assénait un « Ta gueule » glacial. J'étais une espèce de mignonne petite élève qu'il avait sous la main. Je n'ai jamais été une égale, je n'ai jamais accédé à la dignité d'une épouse. Je croyais à l'époque que la passion pouvait tout arranger. J'ai appris durement qu'il n'en était rien. Pour réussir un mariage, il faut davantage de choses en commun qu'un amour fou.

Je dois tourner la page de ces foutues années.

Projetons-nous. Denis ! C'est le jeune homme à tes côtés, pas vrai ? Ton portrait craché, c'est fou. Fin, nonchalant, élégant.

Oh, je me dégoûte, je suis aussi écœurante qu'une grosse guimauve. Je déborde de bons sentiments. Tu m'étonnes que tu hésites à venir me retrouver. Toi qui aimes l'acide et l'impertinence. Toi qui me répétais sans cesse : *Rire est un réflexe triomphant. Personne ne peut avoir raison contre un rieur.*

Où est-ce que tu m'as dit ça ? Peut-être l'as-tu écrit et que je l'ai lu... C'était une première fois. Un samedi soir. Le 23 décembre. Mais tu as tout oublié ma parole ! Tu étais venue me chercher sur le tournage de *Mayerling*. J'étais dans ma loge, accoutrée d'un grand peignoir rose bonbon.

Je me démaquillais, tu étais assise sur la méridienne en velours installée à ma demande.

Tu ne m'avais pas demandé si ça s'était bien passé. À ma tête, il était évident que non. Et puis tu connaissais trop ce métier et ses mystérieux rouages pour savoir que la question était irrecevable. Une opération se passe bien. Un créneau se passe bien. Des vacances se passent bien. Une journée de tournage se passe…

J'avais eu une altercation avec le premier assistant réalisateur. Il avait soupiré lorsque j'avais oublié une ligne du texte. J'étais démolie, humiliée. Tout le set savait que mes rasades de gin me rendaient fantomatique. Mon cerveau disjonctait sans prévenir.

Je m'étais mise à pleurer malgré la joie de te retrouver. C'étaient mes premières larmes devant toi. Je n'avais pas réussi à retenir ma détresse et je m'en voulais terriblement. Je voyais à ta mine que tu te demandais ce que tu foutais là. Le rimmel coulait le long de mon visage et s'infiltrait dans mes rides. Je ressemblais à une carte routière. Tu restais immobile, les jambes ramassées sous tes fesses, les cigarettes alternant main droite main gauche.

Je m'étais lancée sans raison. Je cherchais un mouchoir pour mon ego.

– Tu sais, j'adore les écrivains. Je les comprends, et ils me comprennent. Henry Miller a décidé de prendre ma culture en main, et il a commencé par m'envoyer son roman *Plexus*. Miller est tout de suite devenu mon écrivain fétiche.

Tu ne répondais pas. J'étais si maladroite. Valoriser un de tes confrères avec autant d'emphase. Comme si tu avais commencé notre entrevue par une hagiographie sur Jane Fonda.

J'avais mis un disque de Bob Dylan. Le temps d'enfiler une robe en lainage, un cardigan, de me brosser les dents, de me recouvrir de Colonia et de chanter du Bob Dylan.

There are many here among us
Who feel that life is but a joke
But, uh, but you and I, we've been throught that
And this is not our fate
So let us stop talkin' falsely now
The hour's getting late, hey

– Tu veux un verre ? – Je voudrais te proposer autre chose. – J'accepte. – Tu aimes la vitesse ? – Oui, enfin, je sais pas. – Tu me fais confiance ? – Oui, enfin, je sais pas. – J'ai une petite Ferrari California 250 garée devant les studios. Je me suis dit qu'on pourrait aller faire un tour. Et arriver avant minuit à Deauville. J'ai réservé deux chambres au Normandy. J'ai envie de voir la mer en hiver et de manger des huîtres. Ça te dit ? – Communicantes, les chambres, Françoise Sagan ?

Les sanglots dissipés, j'avais éclaté de rire.

4:51 pm

Si Charles n'apparaît pas avant 5:00 pm, je pars et je te laisse en plan. Je pense que je ne marcherai pas droit, ma trajectoire te frôlera comme une tangente. Tu seras de face, de dos, Denis ne me reconnaîtra même pas, peu importe, personne n'interrompra le fil de sa vie. Je resterai avec mon supplément bagage de souvenirs.

C'est fou quand j'y repense, on ne dormait quasiment jamais. Parfois, dans la journée, j'étais saisie de coups de barre insurmontables. Je m'écroulais sur l'épaule du scripte et me réveillais en sursaut quand Omar Sharif, tendrement, venait chuchoter à mon oreille : « Ava, je vais me rafraîchir, tu m'accompagnes ? » J'émergeais tel un débris. En nous dirigeant vers la régie pour boire un thé à la menthe, je me confiais à mon partenaire. Je suis née avec une bonne santé et un corps solide et j'ai passé des années à en abuser.

Omar ne trouvait rien à rétorquer. Il avait naturellement un sourire bienveillant avec ses dents du bonheur enfantines, et ses yeux hésitaient en permanence entre tristesse ou euphorie.

Après quelques gorgées, nous retournions dans nos rôles respectifs. Il aurait bien couché avec moi, mais j'étais payée pour jouer sa mère. Notre passage à l'acte aurait eu quelque chose de romanesque et sans doute, dans d'autres circonstances, je me serais laissée aller à cette amourette. Omar était beau, attentionné, plein de charme. Seulement voilà, ton mètre soixante-cinq et tes quarante-quatre kilos tout mouillés s'étaient infiltrés dans chacune de mes cellules et je n'avais de la place pour personne d'autre.

Le samedi, c'était notre routine. On se retrouvait au New Jimmy's. On finirait par se retrouver toutes seules. Une soirée rien qu'à nous sans chaperon ni trompettes.

Ce 23 décembre, nous étions ivres et épuisées. Il nous fallait bien ça pour oublier que nous étions veille de Noël. Bien entendu, tu avais installé un énorme sapin dans ton salon et prévu des cadeaux à profusion pour ton fils. Tu m'avais mis dans la confidence et je t'avais accompagnée dévaliser le Nain Bleu rue Saint-Honoré. Soldats de plomb, cheval à bascule, théâtre de marionnettes, jeu de croquet, boîte à musique, trains électriques, voiture à pédales. La razzia avait duré deux heures. Tu me demandais mon avis pour les modèles, les couleurs. Entre deux rayonnages, tu te confiais :

– Quand j'étais jeune, à Noël, je demandais de l'argent de poche pour acheter des livres. Denis est encore trop petit pour que je lui offre du Proust, du Stendhal ou du Hemingway, tu ne penses pas ?

J'avais acquiescé. Je n'étais pas en état émotionnel de te contredire. Enfant, mes Noëls se résumaient à des friandises ou des barrettes à cheveux. Le fait d'être née un 24 décembre à 19 h 10 atténuait l'impact de cette fête. Vis-à-vis de mes deux frères et quatre sœurs, je n'avais pas double ration. À peine un sucre d'orge à la cannelle en plus.

Cet après-midi-là, tu avais aussi acheté une poupée ballerine pour Jacques Chazot et un jeu d'échecs de voyage à Bernard Frank. On avait beaucoup ri. Quand les vendeurs affairés repartaient les bras chargés de tes emplettes en direction de la caisse, nous nous embrassions fougueusement.

Les préparatifs sont comme les préliminaires, ils sont gais et insouciants. C'est au moment de déballer les cadeaux ou de remonter les draps sur son corps usagé qu'une atmosphère étrange s'installe. Un instant suspendu, gorgé de mélancolie, de nostalgie et de bilans. La féerie consumériste et nos paradis artificiels ne parvenaient même plus à nous rendre gaies. Nous chutions. Certes avec un peu plus de grâce et de panache que la moyenne, certes vêtues de Balenciaga et hydratées au Dom Perignon, certes en écoutant Billie Holiday et Maria Callas, mais un valdingue à pic malgré tout.

Françoise, sauve-moi, je suis à deux doigts de lire mon horoscope. Tu sais qu'il m'est arrivé de m'accrocher à ces foutaises. Capricorne ascendant Lion et lunaire Poisson pour moi. Gémeaux ascendant Vierge et lunaire Poisson pour toi. Des similitudes, des compatibilités, des penchants, des addictions, des prévisions... Pour moi, c'est comme les religions, des bouées de survie pour des personnes désespérées.

La nuit basculait vers l'aube. Tu m'avais fait la liste de tes voitures. Barquette Gordini type 24S, Jaguar XK120, Aston Martin DB 2/4, AC Ace Bristol, Ferrari 250 GT, Aston Martin DB 6... Tu avais envie de *me* parler et ça me rendait heureuse et fière.

– *De même qu'elle rejoint le jeu, le hasard, la vitesse rejoint le bonheur de vivre et, par conséquent, le confus espoir de mourir qui traîne toujours dans ledit bonheur de vivre. C'est là tout ce que je crois vrai, finalement : la vitesse n'est ni un signe, ni une preuve, ni une provocation, ni un défi, mais un élan du bonheur.* – Tu n'as donc jamais peur quand tu prends le volant ? Ta fracture du bassin, du crâne, l'enfoncement de ta cage thoracique, ton poignet en miettes et ta clavicule brisée, le coma, l'extrême-onction, tes mois sous Palfium 875. – *Le vent sur mon visage, les arbres en pointillés, la démesure. Je serai un pronostic vital réservé toute ma vie.*

Tu avais demandé à Régine de servir un petit déjeuner avant d'aller te coucher. La plupart de tes amis étaient partis. Certains n'avaient pas eu la force et roupillaient sur les banquettes. Jacques Chazot ronflait avec raffinement, Massimo Gargia faisait des apnées du sommeil.

Nous étions assises côte à côte, ta tête sur mon épaule, ma main sur ta cuisse, nos paupières lourdes.

J'aurais pu oser « Je t'aime ».

J'aurais pu me contenter d'un « Mon amour ».

On sentait le tabac froid et les vapeurs d'alcool.

Tout à coup, une forêt-noire avec quarante-cinq bougies avait fait son entrée sur le dance floor désert.

J'étais hébétée. Tu fredonnais timidement *Happy Birthday* accompagnée par la maîtresse des lieux. Entre minuit et 6 heures du matin, on était passé au 24 décembre.

– Tu es dingue. – Il va falloir souffler maintenant. – Comment tu as su ? – Peu importe, non ?

– Oui, tu as raison, mais bon, je n'en reviens pas. Je me sens un peu stupide et très chanceuse.
– C'est mieux que le contraire, alors…

L'éclat des bougies nous réchauffait.
C'était mon plus bel anniversaire.

4:56 pm

But now the days are short
I'm in the autumn of the year
And now I think of my life as vintage wine
From fine old kegs
From the brim to the dregs
It poured sweet and clear
It was a very good year

Une bonne année ? Laisse-moi rire.

J'ai 58 ans, c'est tragique. Sinatra a eu beau essayer de me persuader du contraire en le chantant pour conjurer le sort, mes journées raccourcissent à vue d'œil.

Tu sais, Fran, maintenant, je passe beaucoup de temps à prendre soin de ma santé. Je fais des exercices insensés pour garder la forme, je consomme beaucoup de yaourts et peu d'alcool. Mais je fume trop. Je vais même régulièrement faire des cures dans des cliniques-hôtels pour le bien-être. Au programme, des litres de bouillon de légumes et des jus de citron, sans parler des jeûnes séquentiels. C'est d'un ennui de faire attention à soi.

Bon, Fran, je n'ai plus de raisons d'espérer. Je m'apprête donc à quitter cet aéroport. Ce fut bref mais intense. Dis-moi juste : cette femme qui tourne autour de toi, qui est-elle ? Grande, fine, brune, diaphane, des lèvres carmin. Pantalon noir, chemisier en mousseline col-cravate. Elle ne ressemble pas à une assistante ou une accompagnatrice de circonstance. Sa présence n'a pas l'air de te déplaire.

Première crise de jalousie ? À l'instant. Il est évident que tu es heureuse. Cette femme a des égards et de l'amour. Elle rit avec Denis, replace ton étole, t'allume une cigarette. Tu la regardes trop attentivement et amoureusement pour m'apercevoir. Tu lui as parlé de nous, Françoise ? J'ai été mentionnée dans ton tableau de chasse ?

Vous avez de la chance de vous avoir l'une et l'autre. Elle s'appelle comment ? Elle est actrice ? Romancière ? Décoratrice ? Muse ? Elle est belle, cette salope.

J'ai souvent pensé que le monde entier était à mes pieds ou qu'au contraire il conspirait contre moi. J'ai été excessive et souvent injuste. Mais avec toi, c'était différent. Tu avais ma folie et mon outrance. Tu étais aussi colossale que moi en insomnies. Là où la plupart de mes amants renonçaient et jetaient l'éponge, tu étais prête à endurer tous mes défis. Nous boxions dans la même catégorie de la vie.

Mais malgré tout, tu m'as toujours quittée…
– Repose-toi, essaie de dormir, on se reverra demain, je reviendrai, on s'appelle.
Au petit matin, tu sortais de ma suite du Raphaël. Je comatais avec toi partout dans mes rêves.

5:00 pm

Il a dû y avoir une première nappe tirée pour une première dispute ou un premier reproche.

Parfois, quand tu t'éclipsais trop tôt ou que tu débarquais trop tard, je n'arrivais pas à camoufler mes regrets ou mon impatience.

Je te voulais plus, mieux. Nos deux noms imbriqués et scandés par un mégaphone, nos deux silhouettes collées et mitraillées. J'aurais voulu avec toi tout ce que j'ai fui avec les autres. Tu rendais mes peurs minuscules et mes angoisses dérisoires. Et comme les tiennes ressemblaient aux miennes, mais que j'avais pris de l'avance avec les années qui nous séparaient, je t'aurais servi de modèle à ne pas suivre. Ensemble, on aurait même pu s'éviter bien des ennuis.

Comme tu peux le voir, je n'ai rien évité. J'ai tout juste l'allure d'un échec flamboyant. Je suis un très beau roman bancal. Au début, des pages sublimes, renversantes, et une fin désastreuse. Un résumé ? J'ai fait des films, j'ai couché, j'ai foutu la merde dans ma vie. Mais j'ai jamais fait de confiture.

Et le tien, Fran ? Je t'enregistre. – J'ai fait des livres, j'ai couché, j'ai foutu la merde dans ma vie. Mais j'ai jamais fait de confiture.

C'est malin.

Je pleure.

Je glisse.

Je suis en train de me terminer et ça fait plus torchon.

Fran, tu me vois et ça te fait du mal, pas vrai ?

Fran, c'est toi ou quelqu'un qui te ressemble ?

Je n'ai pas rêvé.

Françoise Sagan ?

Tu es un courant d'air qui reste indéfiniment.

Tu es mon deuxième Frank Sinatra.

Tu es des dédicaces griffonnées que j'ai apprises par cœur et que je récite avant de me coucher.

Tu es des secrets et des chagrins.

Tu es la vie immédiate et le fil des saisons.

Tu es la jouissance et la totale impunité.

Tu es les plus beaux seins de Hollywood.

Tu es mon ciel, mon vent, mes ténèbres.

Tu es des sentiments raffinés, compliqués, enchevêtrés.

Tu es du plaisir et du mal.

Tu es l'abysse et un gratte-ciel.
Tu es de l'absinthe.
Tu es du 175 km/h.
Tu es de l'écume.
Tu es un grand amour et un grand écrivain.
Tu es « inéluctablement ».

Tu es des bleus à l'âme, un profil perdu, le lit défait.

Tu fais si bien semblant de t'amuser.

...Tu t'es levée, tu as enfilé ton Burberry et tu as tourné tes talons. J'ai voulu te rattraper avec une question de condamnée.

– Fran ? Si ça m'empoisonne, tu viendras me sauver ?

Voilà, tu me regardes, tu me souris, mais pas vraiment non plus, tu allumes une cigarette, balances de la fumée pour te faire disparaître. Je t'écoute.

– You do something to me.

« La vie brise tout le monde, et ensuite, quelques-uns deviennent plus forts aux endroits où ils ont été brisés. »

Ernest Hemingway

Sources

Quoique fictif, le long monologue intérieur d'Ava Gardner qui constitue ce roman reproduit certains propos de l'actrice cités par les sources suivantes :

Livres :

Ava, My Story, d'Ava Gardner (Charnwood Library, 1990).

Ava, Mémoires, d'Ava Gardner (Presses de la Renaissance, 1991).

La Véritable Ava Gardner, de Bertrand Meyer-Stabley (Pygmalion, 2009).

Ava Gardner, Love Is Nothing, de Lee Server (Bloomsbury Publishing PLC, 2006).

Ava, la femme qui aimait les hommes, d'Elizabeth Gouslan (Robert Laffont, 2012).

Ava Gardner, The Secret Conversations, de Peter Evans et Ava Gardner (Simon & Schuster, 2014).

Les Indomptables, de Florence Colombani (Fayard, 2017).
Jours brûlants à Key West, de Brigitte Kernel (Flammarion, 2018).
Les Nuits d'Ava, de Thierry Froger (Actes Sud, 2018).

Articles :

« Ava Gardner par Ava Gardner », propos recueillis par Gregory Speck, *Interview Magazine*, reproduit dans *Elle*, adaptation française Christian Gauffre, février 1990.
« Three Men and a Goddess », Peter Evans, *Vanity Fair*, juillet 2013.
« Ava Gardner : tous les hommes de sa vie », Claire Bonnot, Vanityfair.fr, février 2017.

Dialogues de films :

La Comtesse aux pieds nus, de Joseph L. Mankiewicz.

Les commentaires à propos d'Ava Gardner sont de :

Ernest Hemingway, *Variety*.
Louis B. Mayer, cité par Sophie Grassin dans « Ava Gardner, la femme qui aimait les hommes », L'Express.fr, 6 août 1998.

Georges Beaume, *Cinémonde* n° 973, mars 1953.
Casey Robinson, cité par Bertrand Meyer-Stabley dans *La Véritable Ava Gardner*, Pygmalion, 2009.

Les brèves réponses de Françoise Sagan aux interpellations d'Ava Gardner, quand elles ne sont pas fictives, sont signalées par des italiques et tirées de :

« Françoise Sagan, l'air de ne pas y toucher », propos recueillis par André Halimi dans *Les Grandes Heures de Radio France/INA*, 1973, page 18.
Un certain sourire (Julliard, 1956), page 18.
Les Merveilleux Nuages (Julliard, 1961), page 25.
Le Garde du cœur (Julliard, 1968), pages 31, 32, 35, 36.
« Sans vous aimer » (chanson interprétée par Juliette Gréco, paroles de Françoise Sagan et musique de Michel Magne), page 35.
Il est des parfums (avec Guillaume Hanoteau) (Jean Dullis, 1973), page 41.
Derrière l'épaule (Plon, 1998), page 43.
Un profil perdu (Julliard, 1974), page 44.
Au cinéma (L'Herne, 2008), page 52.
« Oiseau de nuit », propos recueillis par Jean-Luc Delblat, *Le Journal des femmes stars*, pages 60, 61.
La Chamade (Julliard, 1965), pages 52, 65.

« Quand tu dors près de moi » (chanson interprétée par Dalida, paroles de Françoise Sagan et musique de Georges Auric), pages 70, 71.
Toxique (Julliard, 1964), page 111.
Tout le monde est infidèle (avec André Halimi) (Le Cherche Midi, 2009), page 112.
Je ne renie rien (Stock, 2014), page 126.
Twitter. Compte @palais-au, 17 juin 2020, page 127.
Marie-Dominique Lelièvre, *Sagan à toute allure* (Denoël, 2008), page 135.
« Françoise Sagan : à toute berzingue », Carjager.com, pages 142, 143.

Commentaires à propos de Françoise Sagan :

Bernard Frank, *France Observateur*, 30 janvier 1964.

Chansons citées :

« All Along the Watchtower », Bob Dylan, Dwarf Music et Sony ATV Music Publishing, 1967.
« It Was a Very Good Year », écrite par Erwin Drake, chantée par Franck Sinatra, 1961.
« The Most Beautiful Girl in the World », écrite par Lorenz Hart, chantée par Franck Sinatra, 1966.
« Moonlight is Meant for Lovers », chantée par Ava Gardner dans *Lone Star* de Vincent Sherman, 1952.

Autres sources :

« Le roman d'Ava », d'Irène Frain (*Paris Match,* 8 février 1990).

En soixantaine (chroniques 1961-1971), de Bernard Frank (Julliard, 1996).

Madame Sagan, de Geneviève Moll (Ramsay, 2005).

La Dernière Femme, de Jean-Paul Enthoven (Grasset, 2007).

Françoise Sagan, l'ivresse d'écrire, de Valérie Mirarchi (Éditions universitaires de Dijon, 2018).

Remerciements

Mon éditrice, Isabelle Saporta pour sa liberté, sa bienveillance et sa réactivité contagieuse.

Mon ami Jean-Paul Enthoven, pour cette idée de roman, sa fidélité, nos conversations confinement 1 et 2.

Denis Westhoff.

Les journalistes intimidés, curieux, fascinés, sans voix, agacés.

Les rumeurs et les légendes urbaines.

Les romans historico fictifs.

Les vagues indices et les intuitions.

Les chansons de Frank Sinatra.

L'INA.

Getty Images.

Sipa.

AlloCiné.

Daily Motion.

L'*Interview* de Xavier Gianolli.

Jean-François Dauven.

Alexandrine Duhin.

Jérôme Béglé, toujours là.

Catherine Deneuve et ses agents. Après plusieurs mails, « elle ne pourra donc donner de suite favorable à votre demande. » J'avais juste quelques questions à lui poser, j'aurais rêvé recueillir quelques souvenirs lointains du tournage de *Mayerling* mais « malheureusement, elle n'a pas assez connu Ava Gardner. »

Les films d'Ava Gardner.

Cet ouvrage a été imprimé en France par
CPI Brodard & Taupin
Avenue Rhin et Danube
72200 La Flèche (France)
pour le compte des Éditions Fayard
en décembre 2021

Photocomposition Belle Page

PAPIER À BASE DE FIBRES CERTIFIÉES

Fayard s'engage pour l'environnement en réduisant l'empreinte carbone de ses livres. Celle de cet exemplaire est de : 700 g éq. CO_2 Rendez-vous sur www.fayard-durable.fr

Dépôt légal : janvier 2022
N° d'édition : 89-0398-2/01 - N° d'impression : 3046829